나는
　노래가
되 었 다

나 는
노래가
되 었 다

**조태일
시선집**

신
경
림　엮
음

창비

일러두기

1. 『아침 船舶』(선명문화사 1965) 『식칼論』(시인사 1970) 『國土』(창
   작과비평사 1975) 『가거도』(창작과비평사 1983) 『자유가 시인더
   러』(창작과비평사 1987) 『산속에서 꽃속에서』(창작과비평사
   1991) 『풀꽃은 꺾이지 않는다』(창작과비평사 1995) 『혼자 타오르
   고 있었네』(창작과비평사 1999)에서 가려 뽑았다.

2. 이 선집의 시 배열은 엮은이의 뜻을 좇아 시집 간행의 역순으로
   하였다.

3. 제목과 본문 등은 가급적 원래대로 하고 명백한 오자만 바로잡았
   으며, 띄어쓰기는 현행 표기법에 따랐다.

차례

제1부

도토리들

얼레얼레 엇놀려 어르는
날다람쥐
참다람쥐
하늘다람쥐의 앞다리에 들려
볼주머니 속으로 들어갔다가
가까스로 주둥아리를 빠져나온 것들.

어디쯤 구르다가
할딱이는 숨 고르며
놀란 가슴 쓰다듬으며
낙엽 뒤집어쓰고
싹 틔우고 있을까

한 세기가 넘어가려 하고
한 세기가 넘어오려 하는
아스라한 산꼭대기 바라보며
사오부 능선쯤에서.

메아리

내 어렸을 적
산속에서 길을 잃고
엄마야! 엄마야! 엄마야!
울부짖던 그 소리

온갖 산짐승들 놀라게 하며
온갖 나뭇잎들 흔들며 나아가던
그 정처없이 무서웠던 소리

건너 산
바윗벼랑에 부딪쳐
어엄마아야아~ 어엄마아야아~ 어엄마아야아~
되돌아오던 그 소리

지금껏 내 귓바퀴에서 서성이며 살다가
이제야 어머님 무덤가에 사시사철 맴돌며 산다.
엄마야, 엄마야, 엄마야,
오냐, 오냐, 오냐……

분꽃씨

햇볕 수줍어 몸 오므렸다가
해 지면,
빠알강
노오랑
하양으로
화알짝 웃던 그대.

밤새도록 무슨 사연 있었길래
꽃새끼, 검은 새끼
때 되어 쏟는가
씨젖 가득 채워 낳는가.

이웃집 할머니,
시어머니, 친정어머니가
다리 틈새에서 함박웃음으로
손자 받아내듯 받는 이 있다.
다칠세라 조심조심 받는 이 있다.

오메, 내 새끼
오메, 내 새끼
하며.

붉은 고추

붉은 고추
이리저리 누워
하늘 우러르고 있다.

조용하고
수줍고
가냘퍼서
보일락말락 이쁜 꽃이었는데

매운 세월 견디며
매운 숨결 몰아쉬더니
이제는 마당가에 누워 있다.

어린 새끼
가득 밴 채.

눈 부셔

눈 감으면
북녘 하늘 밑
마당가에도 누워 있다.

어린 새끼
가득 밴 채.

안방에서 고추 열리다

시멘트벽으로 둘러싸인
안방 창가,
화분에 어리디어린 고추 모종
한개 옮겨 심어놨더니,

다섯 갈래 하이얀 통꽃
피는 듯 마는 듯 보이는 듯 안 보이는 듯
겨우겨우 피워내더니
밤새고 나니
원뿔꼴 진초록 고추
풍매 충매도 없이
앙증스레 세 개나 매달았다.

저 고추
이제는 또
스스로 스스로
붉은 얼굴 피워낼까.

고추잠자리는
창밖에서 잠잠

임진강가에서

오늘도
임진강은 흐르고
새떼들도 남북으로
북남으로 흐른다.

백골은
남쪽 사람이었을까
북쪽 사람이었을까
반세기 동안 동토에 묻혔다가
어느 병사의 곡괭이에 찍혀 나와
햇빛 받으니 동자승 같다.
눈 시리다.

그 백골이
휑한 두 눈구덩이로
바람과 함께
으악새와 함께

휙, 휙, 휙휙휙 휘파람 부니

북녘의 산들이 들썩이고
남녘의 산들도 들썩인다.

이쪽과 저쪽

새벽 네시쯤
도시의 끝과 농촌의 시작인 길을
잰걸음, 느린 걸음으로,
뒷걸음, 옆걸음으로도 걷는다.
거무칙칙한 길을 걷는다.
질척질척한 농로를 걷는다.

토종개구리
황소개구리
쥐
지렁이
뱀들

이쪽에서 저쪽으로
저쪽에서 이쪽으로
밤새 건너다
차바퀴에 깔려

죽어 붙어 있는 길을
걷는다.

개구리들, 불어터진 국숫발처럼 창자 드러내놓고 죽어
있다.
지렁이, 뱀들은 길게 죽어 있다.
쥐들, 쥐포처럼 납작하게 죽어 있다.

그곳을 나는 새벽 네시쯤 걷는다.
아직까지 무사한
완두콩만한 개구리 새끼들이 팔짝팔짝 뛰면서 건넌다.
그곳을 지렁이들 멈춘 듯 기는 듯 건넌다.
이쪽에서 저쪽으로,
저쪽에서 이쪽으로.

처녀작

나의 처녀작은 「백록담」,
삼행짜리 시조풍의
이 처녀는 온데간데없다.

일천구백육십년 사월혁명 참가 후
무전여행중 제주도에 들러
삼성혈 들여다보고
관음사 일박 후 개미목 거처
백록담 이르러
맑고 밝은 물로 낯바닥 씻고
뜨거웠던 사월의 마음 식히고
사월 함성 맑게 닦아
마음속에다 썼던 짧은 시,
여행 끝나고
이백자 원고지 한장에다
써놓았던 삼행짜리 처녀
이 처녀는 지금 집 나간 지 오래다.

백록담이 영원히 거기 있듯
이승의 내 마음속이나
저승의 내 마음속에
영원히 남으리
나의 싱그러운 처녀, 처녀인 「백록담」.

눈길

눈길을 걸으면
눈들은
뽀드득 소곤소곤
뽀드득 소곤소곤

무슨 뜻일까
눈들은 말을 않다가도
밟히면
뽀드득 소곤소곤
뽀드득 소곤소곤

무슨 이야기일까
멈추어 귀기울이면
눈들은
흰 입술 꼬옥꼬옥 다물고

눈길을 걸으면

뽀드득 소곤소곤
뽀드득 소곤소곤

뒤돌아보면
걸음걸음
흰 입술들만 조용조용 따라오네.

소멸

산들과 잠시나마
고요히 지내려고
산에 오르면

산들은 저희들끼리
거대한 그림자를 만들어
한점 티끌도 안 보이게
나를 지운다.

단풍

단풍들은
일제히 손을 들어
제 몸처럼 뜨거운 노을을 가리키고 있네.

도대체 무슨 사연이냐고 묻는 나에게
단풍들은 대답하네
이런 것이 삶이라고.
그냥 이렇게 화르르 사는 일이 삶이라고.

가을 2

싯푸른 잎새에 내려와
뒹굴며 놀던 햇빛도
허공중에 아스라이 떠돌고

낮하늘의 별들은 숨어서
맑은 귀 열고
지상의 풀벌레소리 듣는다.

여름의 허물인
이 가을은
밤낮을 안 가리고
나를 가비얍게 들어올리고 있다.
이 지구까지를
가비얍게 들어올리고 있다.

바람과 들꽃

바람들은 천상 세살배기 어린아이다
내 바짓가랑이에, 소맷자락에, 머리카락에
매달려서 보채며 잡아끌며
한시도 가만 있질 못한다.

허리 굽혀 보아라
내 작은 눈길에도 가볍게 떨고 마는
작고 작은 들꽃들에게도
바람들은 매달려서 보채며 잡아끌며
한시도 가만 있질 못한다.

둘러보아라
돌멩이들도 거대한 숲도 산도
이 바람과 들꽃들의 향연 앞에서는
속수무책으로 당하고 있는 것을.

동구나무

산자락 아래
순하게 순하게 엎드린 마을의 등허리를
언제까지나 토닥거리며 서 있는 동구나무
우리 어머니들이 서 계신 뒷모습을
오래 오래도록 보아서
어머니들을 꼬옥 닮은 동구나무.

벌판으로 가자

풀잎들이 흔들리고 있는
벌판으로 가자.
바람으로 가자.
흰 구름으로 가자.
땅속 깊이 흐르는 물로 가자.
푸른 목소리로 가자.

오늘도 풀씨들을 매달고
하염없이 서걱이고 있는
풀잎 곁으로 가서
우리 함께 흔들리자
우리 함께 서걱이자

외로움도, 가난도
찬란한 영광으로 터지는
저 벌판으로 가자.

도심에 내리는 눈을 보며

내리기 싫은 듯
빌딩 위를 해찰하면서 서성거리다가
도로 솟구치다가
또 도로 빗겨 내리다가

이번엔 빌딩 사이를 해찰하면서 서성거리다가
도로 힘차게 솟구치다가
빌딩 밑 화초밭
잡초 쪽으로 몸을 틀더니
무슨 깜냥이라도 있는 듯
깜냥깜냥이 내려앉는다.

얼마나 많은 세월을 떠돌며
해찰하며 깜냥하며
이 세상을 깜냥깜냥이 떠돌았는가,
지금에 이르렀는가,
우리도.

이슬 곁에서

안간힘을 쓰며
찌푸린 하늘을
요동치는 우주를
떠받치고 있는
저 쬐그만 것들

작아서, 작아서
늘 아름다운 것들,

밑에서 밑에서
늘 서러운 것들.

어머니를 찾아서

이승의
진달래꽃
한묶음 꺾어서
저승 앞에 놓았다.

어머님
편안하시죠?
오냐, 오냐,
편안타, 편안타.

달빛과 누나

달빛이 좋아
처녓적 늘 울멍울멍했던 우리 누나는
풀벌레 밤새 뒤척이는 영남땅에
누워 계신다.

단신으로 월남한
함경도 사내 지아비로 삼아
아들딸 낳고 대구에서 사십여년 살다가

어느해 여름
처녓적 삼밭머리 뽕나무밭
산꿩소리 그리워서
삼베옷 명주꽃신 신고 누워서
달빛 같은 처녀 몸으로

남도땅 동리산 태안사 염불소리 들으며
영남땅에 누워 계신다.

가을 앞에서

이젠 그만 푸르러야겠다.
이젠 그만 서 있어야겠다.
마른풀들이 각각의 색깔로
눕고 사라지는 순간인데

나는 쓰러지는 법을 잊어버렸다.
나는 사라지는 법을 잊어버렸다.

높푸른 하늘 속으로 빨려가는 새.
물가에 어른거리는 꿈

나는 모든 것을 잊어버렸다.

풀씨

풀씨가 날아다니다 멈추는 곳
그곳이 나의 고향,
그곳에 묻히리.

햇볕 하염없이 뛰노는 언덕배기면 어떻고
소나기 쏜살같이 꽂히는 시냇가면 어떠리.
온갖 짐승 제멋에 뛰노는 산속이면 어떻고
노오란 미꾸라지 꾸물대는 진흙밭이면 어떠리.

풀씨가 날아다니다
멈출 곳 없어 언제까지나 떠다니는 길목,
그곳이면 어떠리.
그곳이 나의 고향,
그곳에 묻히리.

겨울바다에서

한 됫박, 두어 됫박씩 쏟아지는 볕이다.

햇볕도 추워 얼어 떨어지는 곳
눈발로 부산하다.

파도는 얼어 큰 산으로 솟았고
겨울새, 그냥 그 위에 얼어붙었다.

물속 깊이 고기떼 가슴
두근거리는 소리 들리고,
조개들도 입을 악물었다.

이 가슴도 얼어
이 숨결도 멈추어라.
이 영원 앞에서.

홍시들

한 오십여년 남짓 웃은 웃음이리
아니야, 한 오십여년 흘린 피눈물이리.

빠알갛구려, 알알이 밝혔구려,
청사초롱, 홍사초롱.

아아, 눈감으리
까치밥으로 두어 개 남을 때까지
발가벗고 신방 차리는 소리.

청살문을 닫아라
홍살문도 닫아라.

황홀

들꽃들과 바람들이 낮거리하는 들녘으로

순아,
돌아,

이슬처녀 저 혼자 해님 껴안고
불그레 얼굴 붉히는 길섶을 지나
흰 구름 검은 구름 몸 섞으며 떠도는
하늘을 보며

순아,
돌아,

들꽃들과 바람들이 낮거리하는 들판을 지나
붉은 해 산과 신방 차리려
노을이불 펴며 내려오는
해거름 속으로

순아,
돌아,

우리 함께 가자.
들꽃의 몸으로
바람의 몸으로
낮거리하러.

동리산에서

날이 샐 무렵
어둠 더불어 빨치산들이 산으로 오른 뒤,
골짜기 대밭에서
죽순 서로 키재기하는 걸 보고
나는 무럭무럭 자랐다.

어린 짐승새끼
어미 잃고 집 잃어 밤새 울어쌀 때
동리산 품 같은 어머니 가슴 파고들며
속으로 꺼이꺼이 울며
나도 밤을 샜다.

홍시감 익어갈 때,
홍사초롱 수천 개씩 가지 휘어져라 매달릴 때,
아랫집 남순이랑 얼굴 붉히며
왼종일 가슴이 뛰었다.
그런데,

그 빨치산들 다 어디 갔나
그 어린 짐승 자라서 다 어디 갔나
그 죽순 자라서 어디 갔나
그 홍시 다 어디 갔나
그 남순이 어디 갔나.

노을

저 노을 좀 봐.
저 노을 좀 봐.

사람들은 누구나
해질녘이면 노을 한폭씩
머리에 이고 이 골목 저 골목에서
서성거린다.

쌀쌀한 바람 속에서 싸리나무도
노을 한폭씩 머리에 이고
흔들거린다.

저 노을 좀 봐.
저 노을 좀 봐.

누가 서녘 하늘에 불을 붙였나.
그래도 이승이 그리워

저승 가다가 불을 지폈냐.

이것 좀 봐.
이것 좀 봐.

내 가슴 서편 쪽에도
불이 붙었다.

꽃들, 바람을 가지고 논다

꽃들, 줄기에 꼼짝 못하게 매달렸어도
바람들을 잘도 가지고 논다.

아빠꽃 엄마꽃 형꽃 누나꽃 따라
아기꽃 동생꽃 쌍둥이꽃
바람들을 잘도 가지고 논다.

바다에서 파도를 일으키며 놀던 바람도
산속에서 바윗덩이를 토닥이며 놀던 바람도
공중에서 날짐승을 날게 하던 바람도

꽃들 앞에선 오금을 쓰지 못한다.
꽃들 앞에선 그 형체까지를 잃는다.

팔다리 몸통 줄기에 붙들렸어도
그 자태만으로 바람의 팔다리를 묶으며
그 향기만으로 바람의 형체를 지우며

잘도 가지고 논다.
잘도 달래며 논다.

야밤, 갈대밭을 지나며

달빛이 눈가루로 쏟아지는 밤길이다.
야간강의를 마치고 공동묘지를 지나
집으로 돌아오는 길이다.

귀신도 숨죽여 자는 밤,
속살을 드러내놓고
하늘에 저녁내 제 몸을 맡기는
갈대들 속에서 갈대에 기대어
나는 옷을 벗는다.
신열이 나고, 가파른 숨결을 달래기 위해
마음의 누더기까지 벗는다.

살도 피도 뼈도 다 바치기 위해
이승 땅 저승 땅 가리지 않고
갈대밭을 지나며 맨살로 지나며
마음과 몸까지를 모두 벗어두고

일찍 맺힌 이슬방울 굴리며
아무것도 없는 채로
갈대밭을 지난다
사각사각 귀신들을 깨우며.

다시 오월에

오월은 온몸을 던져 일으켜세우는 달.

푸르름 속의 눈물이거나
눈물 속에 흐르는 강물까지,
벼랑 끝 모진 비바람으로
쓰러져 떨고 있는 들꽃까지,

오월은 고개를 숙여 잊혀진 것들을 노래하는 달.

햇무리, 달무리, 별무리 속의 숨결이거나
숨결 속에 사는 오월의 죽음까지,
우리들 부모 허리 굽혀 지켰던 논밭의 씨앗까지.

오월은 가슴을 풀어 너나없이 껴안는 달.

저 무등산의 푸짐한 허리까지
저 금남로까지

저 망월동의 오월의
무덤 속 고요함까지.

오월은 일으켜세우는 달
오월은 노래하는 달
오월은 껴안는 달
광주에서 세상 끝까지
땅에서 하늘 끝까지.

태안사 가는 길 1

나라가 위태로웠던 칠십년대 말쯤
아내와 어리디어린 세 아이들을 데리고
고향 떠난 지 삼십년 만에
내가 태어났던 태안사를 찾았다.

여름 빗속에서 칭얼대는
아이들을 걸리며 혹은 업으며
태안사를 찾았을 때
눈물이 피잉 돌았다.

그리고 두번째로
임신년 겨울,
팔십을 바라보는 어머님을 모시고
아내와 이젠 웬만큼 자란 아이들을 데리고
터벅터벅 태안사를 찾았을 땐

백골이 진토 된

증조부와 조부와 아버님이
청화 큰스님이랑 함께
껄껄껄 웃으시며
우리들을 맞았다.

태안사 가는 길 2

광주직할시 서구 광천동 대문을 나서며
어머니!
오냐.

전남 곡성군 삼기면 원등 선영을 지나며
어머니!
오오냐.

보성강 태안교를 지나며
어머니,
오오냐, 오오냐.

내 탯자리를 지나며
어머니,
오오냐, 오오냐, 오오냐.

자유교를 지나며

어머니,
오냐아.

귀래교를 지나며
어머니,
오냐아, 오냐아.

정심교를 지나며
어머니,
오냐아, 오냐아, 오냐아.

반야교를 지나며
어머니,
오오냐아.

해탈교를 지나며
어머니,

오오냐아, 오오냐아.

금강문을 지나며
어머니,
오오냐아, 오오냐아, 오오냐아.

일주문을 들어서며
어머니,
오오냐아아, 오오냐아아, 오오냐아아.

대웅전을 들어서며
어머니!
오냐.

부처님 앞에서
어머니!
....

지장보살

지장보오살

지이장보오살

지이자앙보오사알, 지이자앙보오사알……

대선이 끝나고

대선이 끝난 후
나는 새로운 취미를 얻었다.

신문을 보더라도
정치면 경제면 사회면 문화면은 안 보고
광고나 아니면 검은 줄 옆의 사망 기사나 본다.
출생이나 탄생 기사가 언제 한번이나 실렸더냐?

텔레비전을 보더라도
뉴스나 해설이나 오락물은 안 보고
광고나 아니면 일기예보나 본다.
특히 이익선의 일기예보를 즐긴다.
그녀는 매일매일 옷을 갈아입는데
종이를 펴놓고 옷모양을 그리고
그 빛깔까지를 색칠 대신 글씨로 쓰면서 듣는다.
한달 내내 나는 이 짓을 했는데
간장이 시어지고 소금에 곰팡이가 슬 때까지

이 짓을 하기로 했다.
도대체 누가 시청자들을 위해
눈물 나도록 이렇게 날마다 새 옷 차려입고
우리들의 눈을 즐겁게 했더냐?

대선이 끝난 후
나는 비록 텔레비전에 안 나가지만
하루는 너무하고 이틀에 한번씩
속옷이나마 갈아입는 취미를 얻었다.

대선 이후

진정한 승자도 패자도 없이
대선도 끝났다.

팽팽하게 긴장하던 산천도
물먹은 동양화처럼 하늘 아래 누웠다.

몰아닥친 한파가 어쩔 줄을 모르며
엉금엉금 골목을 누비고,
떨고 있는 나뭇가지 끝에 매달려
떨어질까, 말까, 고민하는 몇잎의 낙엽.

시인은 술에 취해
책 속의 활자들을 모조리 쫓아내며
호통을 친다.
이놈! 이놈!

풀꽃은 꺾이지 않는다

사람들은 풀꽃을 꺾는다 하지만
너무 여리어 결코 꺾이지 않는다.

피어날 때 아픈 흔들림으로
피어 있을 때 다소곳한 몸짓으로
다만 웃고만 있을 뿐
꺾으려는 손들을 마구 어루만진다.

땅속 깊이 여린 사랑을 내리며
사람들의 메마른 가슴에
노래 되어 흔들릴 뿐.

꺾이는 것은
탐욕스런 손들일 뿐.

비 그친 뒤

후두둑후두둑
소리만 남기고 비 그치자
곱게 곱게 씻은 푸른 얼굴 쳐들고
산행길의 나뭇잎들 부산하다.

까치들, 산새들
꽃들이 진 자리를 맴돌고
물방울들, 물방울들,
아직도 공중이 좋아 해찰하며 떠돌고

배낭을 베개 삼아
벌렁 드러누운 사내.

새벽녘까지의 술잔을 떠올리며
잘못 살아온 시간들을 뉘우칠 때
몸뚱어리는 드넓어
삼천대천세계 들어와서

편히 눕는다.

후두둑후두둑
비가 그친 뒤.

노래가 되었다

거침없이 흐르고 아무데나 스미는 물,
상하 좌우 가릴 곳 없이 생겨나서
아무데나 가서 부딪치며 흔드는 바람,
어둠속에서는 꼼짝달싹도 못하다가도
날만 새면 되살아 무적인 빛,
결코 되돌아보지 않고 앞만 보며 내닫는 시간,

이런 것들과 함께 어우러져 친하다가
나는 노래가 되었다.

마른 강을 적셔주고
박힌 바위, 엎드린 돌멩이들 흔들어주고
어둠이 더욱 어둠이게 하고,
달이 더욱 달이게 하고,
별들이 더욱 별들이게 하고,
전 국토의 아스팔트를 뚫고 샘물 솟도록,
너와 나, 우리들 사이를 좁히는 음계가 되도록,

토라져 누운 국토 바로 눕도록,
남녘과 북녘을 동시에 울리도록,
굳을 대로 굳은 역사 풀리도록,

오오, 이승과 저승의 거리를 좁혀주는
노래가 되었다.
궂은 날 갠 날 가리지 않는
노래가 되었다.

달동네

달이 좋아 오르고 또 올라
쫓기고 쫓기어 산꼭대기까지 올랐다.

더는 오를 수 없는 이곳에서
새끼를 낳자, 무정한 여보! 여보!
부르며 새끼나 낳자

올망졸망 새끼를 낳아
전경처럼 보초 서게 하리니.

더는 오를 수 없거든
새까만 눈동자들 달동네에
그냥 두고 그냥 두고
아니, 어떻게 어떻게 살아가겠제.

하늘까지 오르리
한 많은 육체 여기 두고

달이 좋아 하늘까지 오르리.

누더기인 육체 땅에 두고
가난해서 착한 마음씨 달빛과 어울리리.

아침 산보

우리 광주대학교 뒤편은
논밭이 누워 있다.

누가 슬픔이라 했는가.
파릇파릇 새싹들을 토해내는
저 땅덩어리를.

틈만 나면 학생들은
논두렁 밭두렁을 타며
길길이 뛰지만
소리를 다 쏟아붓지만

말없이 누워 있는
저 침묵의 덩어리를
누가 슬픔이라 했는가.

새벽 속을 헤매는

나의 이 울부짖음을
누가 슬픔이라 했는가.

바위들이 함성을 내지른다면

단 한 발짝을 움직이기 위하여
몇천만년이고 그 갑갑함도 참아내며
금방 터질 듯 터질 듯한
아찔한 울음보도 잘도 견뎌내며

이 땅 어디에나 시커멓게 널브러져
어느 마음씨 좋은 이웃들처럼 화냄도 없이
한치의 동요도 없이 밤낮없이 처박혀 있는
저 바위들이 이리저리 움직이면서
마침내 함성을 내지른다면

과연 지금 질서 안에서 움직이는 사물들은
과연 지금 모습대로 버티는 사람들은
있을 것인가, 없을 것인가.

저 시커먼 빛깔들이
일제히 일어나서 터진다면

성한 눈이나 성한 귀들은
있을 것인가, 없을 것인가.

그럴 것인가.
세상 모든 것 다투어 검은 빛깔이 되어
서로 알아볼 수 없는 사이들이 되어
한번은 섞였다가 이내 흩어져
캄캄한 밤바다 위를 떠도는
이젠 영원토록 만날 수 없는
신세가 될 것인가, 안될 것인가.

대추들

홍건히 달빛이 차오를 때
너나없이 주저리주저리
몸둘 바 모르는
우리 집 대추들.

금세 쏟아질라
하늘의 별떼들.

짧은 시
종철에게

책상을 손바닥으로 '탁' 치니까
'억' 하고 쓰러져 숨졌다?

종철아,
네가 모른다고 책상을 '탁' 치니까
아저씨께선
'억' 하고 쓰러져서 운명하시고
너는 이렇게 살아남았느냐?

시를 써서 무엇하랴

문학은 진실이라고 배웠다.
시에 이르는 길은 진실의 길밖에 없다고,
나의 스승 이산 김광섭 시인은 가르쳤다.

스승께서는 일제하에서 4년여 옥고를 치르셨고
해방을 맞아 새 나라 건설에 뛰어들었다.

정치판을 떠나 대학에서
문학을 강의하셨고
노후에는 유명한 『성북동 비둘기』를 남기셨다.
아직도 진실을 모른 채

제자인 나는 지금도 꾀죄죄하게
살아남아서
이런 따위의 시를 끄적이고 있다

시를 써서 무엇하랴!

탁 소리 앞에
다 무너지는 삶인데……

빗속을 거닐며

햇살보다 더 찬란한 빛이다.
햇살을 헤치며 거닐다가
소나기를 만나 빗속을 거닐어도
우산을 받치지 말자.

온몸이 젖는다 해도
오늘 하루가 다 젖는 것은 아니다.
침묵들을 들쑤시는 전령이니까
깨우침이니까 소나기는

온세상을 두루 돌고 온 열사들의 마음인지
화살로 몸을 파고드는구나.
노여움으로 사랑으로
종철이의 한열이의 영혼이 내리쏟는구나.
우리들의 곁을 떠난
열정의 시인 채광석의 마음이 내리쏟는구나.

빗속을 거닐면서 휘청이지 말자
지쳐 드러누운 아스팔트를 뚫고
시멘트길을 뚫고
무엇이 그리 그리운지
흙덩이가 용솟음친다.
싹들도 다투어 솟아난다.
땅속 깊이 묻혔던 소문들도
빗줄기로 물구나무선다.

비에 젖어 화살에 부활하여
한마음으로 파도치는 우리들이여
우산을 받치지 말자.

가을엔

나름대로의 길
가을엔 나름대로 돌아가게 하라.
곱게 물든 단풍잎 사이로
가을바람 물들며 지나가듯
지상의 모든 것들 돌아가게 하라.

지난여름엔 유난히도 슬펐어라
폭우와 태풍이 우리들에게 시련을 안겼어도
저 높푸른 하늘을 우러러보라.
누가 저처럼 영롱한 구슬을 뿌렸는가.
누가 마음들을 모조리 쏟아 펼쳤는가.

가을엔 헤어지지 말고 포옹하라.
열매들이 낙엽들이 나뭇가지를 떠남은
이별이 아니라 대지와의 만남이어라.
겨울과의 만남이어라.
봄을 잉태하기 위한 만남이어라.

나름대로의 길

가을엔 나름대로 떠나게 하라.

단풍물 온몸에 들이며

목소리까지도 마음까지도 물들이며

떠나게 하라.

다시 돌아오게, 돌아와 만나는 기쁨을 위해

우리 모두 돌아가고 떠나가고

다시 돌아오고 만나는 날까지

책장을 넘기거나, 그리운 이들에게

편지를 띄우거나

아예 눈을 감고 침묵을 하라.

자연이여, 인간이여, 우리 모두여.

꽃 속에서

누가 누구를 미워하리
어느 것 하나라도 버릴 수 없고
어느 모습 하나도 놓칠 수 없는
절정에서 취해 취해
몸살을 앓는 나는
사랑할 수밖에 없는 노릇이어서

쓰러지고 일어나며
두근거리는 가슴 고이 간직
나 여기까지 와서 비틀거리는구나

온통 시샘하는 이것들 속에서
향기는 향기끼리 붙어
온 세상은 춤으로 출렁이고
온갖 자태를 뽐내며
꽃잎들은 다투어
온 세상을 밝히는구나

나 여기 기대어
순간이 순간을 낳고
틈새는 틈새를 만들어내는
위대한 순간에 기대어
영원 속에 내 말들을 흩뿌리리라

푸른 하늘로 얼굴 가려
춤이나 한껏 추고 나면
이 몸 향내 나는
폭죽으로 터질까

꽃 속에 터진 말
하늘까지 사무칠까

들판을 지나며

國土 51

들판을 나서보면 안다.
우리네 산천이 그러하듯
우리네 형제 몸뚱어리
구불구불 정겹게 구부러졌구나
여유 있구나.

맨발로 땅을 디뎌보면 안다.
우리네 땅심이 그러하듯
우리네 꺾인 허리
뚜두둑 뚜두둑 뚝심으로 세우는구나.

어찌 한판 춤이 없으랴
얼싸절싸 구부러진 산천이 요동친다.
뼈마디 모두 세워 춤을 추자.
지평선이 없는 우리네 땅에서
주저할 것 없이 춤을 추자.

그래도 봄은 오는가

오는 봄은 오는 길이
높으나 낮으나 탓하지 않고
다만 몸을 낮추며 온다.
그렇게 수선을 피우지 않고도
그렇게 무차별 합궁하지 않고도
이렇게 많은 생명을 일깨우며 온다.

오는 봄은 오는 길이
더디나 빠르나 서두르지 않고
다만 당당하게 온다.
그렇게 장애물을 후려치지 않고도
그렇게 짝짜꿍 변절치 않고도
이렇게 헐벗은 생명을 감싸며 온다.

기어코 온다.
보란 듯이 온다.
환장하게도 조용히 온다.

다만 돌아버려 이웃이 아닌 것들에게
어지럼병을 흩뿌리며 온다.

배신과 변신과 변절과 간통으로 얼룩진
민자년의 그 아리송한 속곳을
들춰내며 (아이고메, 냄새야!)
일천구백구십년의 봄은 온다!

겨우내 움츠렸던 팔십고개 어머님의
삭신을 자근자근 녹이며 온다.
겨우내 땅속에서 도란도란 떨던
어린 싹들을 어루만지며 온다.

아직 못 지켰던 약속 위에도
아직 덜 터뜨린 외침 위에도
아지랑이는 피어오르고,
횃불처럼 타오르고,

그렇다.
닫힌 채 텅 비어 있는 마음에까지
온갖 꽃들 피워 향기 퍼뜨리며
기어코 오는 봄 앞에서
우리들 부끄러워라.
우리들 화끈거려라.

누이동생

國土 55

한 누이는 사십이 넘었고
내일 모레 사십이 될 막내둥이를
오빠가 업어서 키웠다

뜨물을 끓여 당원을 타서 먹이고
성당에서 주는 강냉이죽을 얻어다 먹였다
칭얼대는 누이를 등에 업고
십리길도 넘는 생사공장까지 가서
어머니의 젖을 먹여
광주천을 따라 집으로 돌아오는 길

등에 얹힌 누이동생은 오줌싸개!
꼬집으며 울리며 혹은 내팽개쳐놓고
한참 가다가 그래도 누이인걸
버리면 쓰겠느냐 되돌아와
오냐오냐 얼러서 다시 업고
아무 일 없었던 양 터벅터벅 걷는 길

어머니가 쥐여준 그 노오란 번데기를
등뒤의 누이동생에게도 씹어 물리며
나도 씹었다

울어싸며 칭얼대며
오줌을 잘도 싸던 두 누이동생은
이제는 삼남매의 튼튼한 에미들이 되었다.

산 일

國土 57

우리 어머니는
틈만 나면 사시사철
곡성의 선영을 찾는다

이승의 사람들 잠깐 멀리하고
저승의 사람들과 만나는 일 즐거운 일
콩도 심고 깨도 심고 고추도 심고
삼베수건으로 땀 닦으며
남편의 무덤 시부모의 무덤
증조부의 무덤
당신이 잠들 빈 무덤도 찬찬히 손보신다

늦가을이 되면
참기름 들깨기름 짜고
메주 쑤고 고춧가루 빻아서
팔도에 뿌리내린 칠남매와
거기 주렁주렁 달린 손주 앞에 내려놓는다

(……죄짓지 말고 건강하게 살아라.
태일이 너 술 좀 덜 마시고 저녁엔
일찍일찍 들어오너라 잉, 알겄제?)

雲住寺

國土 69

雲住寺는 運舟寺라고도 쓰지만
말로는 그냥 운주사.

그곳을 찾아갔다
눈보라를 뚫고
전남 화순군 도암면 천불협곡을
대설주의보가 기특하게 맞던 날.

못생긴 우리들을 맞았다
역시 못생긴 천불 천탑이
서서 앉아서 누워서
땅 위에서 땅속에서

떨어져나간 콧자국으로
외짝 팔로 외짝 다리로
일그러진 눈으로 입으로.

팔다 남은 작품들일 거라는, 혹은
견습 석공들의 실습품일 거라는
농담도 미륵세계의 꿈도
한데 어우러져
오로지 정만을 쏟아내고 있었다.
운주사! 운주사!

소문에 따르면

國土 71

이 겨울에
나누어줄 것 다 나누어주고
맨몸으로 이 밤을 떨며 지새운다고
세상의 나무들은 그렇게 떨고 있다고
소문에 따르면 그렇다고
별빛 별빛들이 뜬눈으로 쏟아진다.

이 더디게 더디게 가는 밤,
떨고 있는 것이 나무들뿐이랴.
세상의 사람들 다 떨고
백담사도 덩어리째로 떤다더라.
가진 것도 없고 나누어줄 것도 없다고
떤다더라. 산들이
옹기종기 전경처럼 꽉 붙어 막고 있어도
세찬 바람은
내외의 이불 속을 들썩인다더라.

소문에 따르면 그렇다고
달빛이 무더기로 쏟아진다.
하지만, 이 떨림이 먼데만 있다더냐.
며칠째 편지를 쓰면서
내 주위의 시인도 떨고 있다더라.
하지만, 한줄도 쓰지 못하고
머리만 쥐어짜며
새벽까지 새벽까지 북녘을 향해.

하늘은 만원이다

國土 72

늘 하늘 우러러보아라
밤낮없이 만원인 저 지옥을 보아라
지상이 그리워
달도 별들도 뜬눈으로 지새는도다
지상 궁금하여
태양도 온종일 몸 태우며 떠 있구나.

늘 이 땅을 굽어보아라
밤낮없이 비어 있는 이 천당을 보아라.
채우는 일 재미있어
들풀도 짐승들도 서로 섞여 춤추는도다.

채우는 일 재미있어
하늘도 우리들 눈 속에 가득하고
부정도 가득하고 새마을도 가득하고
문인들도 원고지 채우듯
세상의 일 글로써 채우는도다.

하늘은 만원이고
땅은 비어서 이 세상
냉수 한 사발로도 충만하구나.

다시 사월에

國土 74

참 희한한 일이다.
이 강산에 태어난 지 삼십년이나 되었는데
그대 보이지 않고
그대 말하지 않고
그대 정처도 없이
지금껏 어디서 떠돌고 있는가

강산이 변해도
세번쯤은 능히 변했을 세월만
안타깝게 흘러가버렸는가.
그 세월 동안
퇴보와 변절과 절망만 커져왔는가.
아니 새로운 시대는 없고
묵은 시대만 첩첩산중처럼 쌓이는가.

그대 사월,
눈보라만큼 물보라만큼 비보라만큼

드세고 넉넉함이 한량없던 사랑,
꽃보라 피보라 함성보라 총칼보라 속에서
그대 태어나 이 강산에 스며들었나니

그대 이제 나타나서
그대 모습 하늘만큼 큰 모습으로
나타나 말하라

이 적막강산이 다시 꿈틀거리는 때
이 삭막한 가슴이 다시 들끓는 때
희한하게 나타나 말하라.
그대 사월

산꼭대기에 올라

國土 68

산꼭대기에 올라본 사람은 안다
설레임으로 바라보는 그곳이
캄캄 절벽이어서 별들이 뜨고
망망한 바다여서 일엽편주가 뜨고
평원이어서 눈 닿을 데가 없는
그것이 바로 죽음이라는 것을

산을 오르는 동안의 악전고투도
까맣게 잊어버리고
다만 그곳을 찾아
삼백예순다섯 날……
십년이고 거듭 몇십년이고 평생을
오르고 보면 어느덧 거기가
저승! 저승인 것을

마음을 밑바닥까지 비우고
육신을 탈탈 비워본 사람은 안다.

누가 누구를 감히 지배하고
누가 누구를 감히 사랑하는가를

한 몸으로 걷다가
한 몸이 누울 자리를 찾아
한 몸이 누울 때, 그 누구들은
다 한몸인 우리들인 것을.

그래서 우리들은 안다.
이승에서
독재자는 독재자의 모습으로 죽고
폭력자는 폭력자의 모습으로 죽고
평화주의자는 평화주의자의 모습으로 죽고
부자는 부자의 모습으로
빈자는 빈자의 모습으로
시인은 시인의 모습으로
이승에 정지된 육체를 두고

모두 함께 이승을 떠나는 시간

두려움과 함께 고통과 함께
기쁨과 함께 웃음과 함께
마주치는 저승의 초입은
서울의 러시아워와 같다는 것을

그런데 그런데
"넋이여, 그 나라의 무덤은 평안한가?"*

* 김현승 님의 시구절임.

흰 눈들이 하는 말

國土 75

흰 눈들이 중얼중얼대며 내린다.
쉴새없이 내리고
내리고 또 내린다.

황톳빛 덮으며
아니 온 세상의 빛깔을 덮으며 내린다.
겁도 없이 내린다.

아직껏 원혼들은 구천을 떠돈다며
이런 소식 지상에 퍼뜨리겠다며
망월동에 하염없이 내린다.
무등산 품안에도 내린다.

온몸을 몸째로 펄럭이며
산 위에 들판 위에
그러니까 이 땅의 어디에도 내린다.
한라산에도 백두산에도

휴전선에도 내린다.

모든 경계선을 가차없이 지우며
마음과 마음 사이의 경계선까지도 지우며
내리고 또 내린다.

죽은 자들과 산 자들
누워 있는 자들과 걸어다니는 자들
구별없이
내릴 곳을 가리지 않고
바삐바삐 내린다.

장독 위에도 마구간 위에도
내리고 또 내리고
그저 한량없이 내린다.

흰 눈들이 구시렁구시렁대며 내린다.

지상의 모든 것들
눈뜨라 눈뜨라고 귀 열어라 귀 열어라고
입 다물며 차가운 몸으로
내리고 또 내린다.

제2부

눈보라 속의 좌담

누이야,
눈이 내린다.
우왕좌왕 내린다.
교문리에도 내리고 있을 거야,
마포에서 내가 말했다.

누이야,
종로 너머,
청량리 너머,
중랑천 너머,
망우리 공동묘지 너머,
네가 사는 교문리에도
갈팡질팡 내리고 있을 거야,
포근한 해장국집에서 내가 말했다.

밖에는 눈이 내리고
거푸 비우는 새해 첫날의 술잔에도

눈이 내리고
너와 나의 마음도 넘치고
말없이 고개만 끄덕이는
너의 눈동자에도 눈이 내린다.

누이야,
서울을 어서 떠나라고,
어서 교문리로 돌아가라고,
서울 밖 교문리에서 출동한
눈보라는 침략군처럼
마포에서 붐비고
우리들의 말도 붐빈다.

연가

너, 들끓는 죄그만 가슴을
흩트리지 않고 용케도
여기까지 달려왔구나.

무슨 소문 듣고파서
다투며 밀려오는 파도에
큰 눈을 맡기고 설레이는 마음 맡기고
기대어 있는 너의 곁에까지
숨 할딱이며 나 또한
용케도 따라왔구나.

지평선 끝에 타오르는
이 시대의 그리움들은 파도치고,
저녁놀로 타오르고.

별들이 하나둘 떠오를 때까지
순한 서로의 눈들은 불꽃이 되어

포개지고 얼싸안고 함께 나뒹굴 때
그렇게 그렇게
사슴의 눈에 사슴의 눈이
어른거릴 때

우리는 입을 열지 않은 채
두고 온 온갖 소문들을
파도에게 별빛에게 퍼뜨렸다.

거듭 사슴의 눈에
사슴의 눈이 포개질 때,
우리의 눈이 어른거릴 때,
파도는 소문이 되어
더 큰 바다를 향해 떠나고
별들도 소문이 되어
하늘에 바다에 웅성거렸다.

눈물

이슬이여,
이젠 그만 풀잎 끝에서 떠나다오.
밤새도록 이 어둠을 지켜 서서
몸을 보채며 뒹굴던
그 지긋지긋한 몸뚱어리를
거두어서 아침 햇살 속을 따라 떠나다오.

떠나다오.
눈물이 죄다 마른 사람들 곁에서
우리들의 착하디착한 어린것들 곁에서
이제, 그만 이 작은 땅을 울리지 말고

이젠 파도 위에 부서져 파도가 되고
광풍에 휘몰려 쫓기는 폭우가 되어
온 강토에 스며드는 소리가 되어다오.

새벽부터 그 다음 새벽까지

통곡으로 누워 있는 이 땅의
가녀린 풀잎 끝에서 떨고 있는
눈물이여.

단풍을 보면서

내장산이 아니어도 좋아라
설악산이 아니어도 좋아라

야트막한 산이거나 높은 산이거나
무명산이거나 유명산이거나
거기 박힌 대로 버티고 서
제 생긴 대로 붉었다.
제 성미대로 익었다.

높고 푸른 하늘 아니더라도
낮고 충충한 바위하늘도 떠받치며
서러운 것들,
저렇게 한번쯤만 꼭 한번쯤만
제 생긴 대로 타오르면 될 거야.
제 성미대로 피어보면 될 거야.

어린 잎새도 청년 잎새도

장년 잎새도 노년 잎새도
말년 잎새도
한꺼번에 무르익으면 될 거야
한꺼번에 터지면 될 거야.

메아리도 이제 살지 않는 곳이지만
이 산은 내 산이고 니 산인지라
저 산도 내 산이고 니 산인지라.

성에

어젯밤은 그렇게도 어수선하더니만
대신 오고야 말았구나.
허이연 성에로 오고야 말았구나.

산자락 같은 데 강가 같은 데 아니면
벙어리인 채로 허허벌판에서나
퍼져서 깔리던 너,
바람과 어깨동무하고 와서
골목골목 가득히 서성거렸었구나.

어젯밤 모처럼의 꿈도
그렇게도 얽히고설키더니만
꼭두새벽 이제는 바람을 타고서
대문이나 울타리를 넘어서
삼삼오오 점령군처럼 설치는구나.
배를 깔고 집 안 구석구석을 핥는구나.

이것이었구나.
창을 기어오르는 안개여!
무슨 말인가를 할 듯 할 듯 하다가
얼면서 끝내 입을 다문 채
너 참말로 찬란하게 피는구나.
함성으로 살아 터지는구나.

사랑

첫눈이 내린다.
어디고 없이 제멋대로
내리고 내리는 것 같지만
내릴 곳을 보아가며
서둘지 않고 내린다.

첫눈이 내린다.
지상의 왼갖 聲明들을 잠재우며
지상의 왼갖 낙서들을 지우며
한량없이
하이얗게 내린다.

높고높은 하늘을 지나서
가파른 절벽을 지나서
풀잎들의 머리 위를 지나서

움직이는 것들 위에 내린다.

숨쉬는 것들 위에 내린다.
꿈꾸는 것들 위에 내린다.

오오, 오오, 소리치지는 않고
오오, 오오, 그 입모양만 보이며
우리들 귓바퀴 근처에 내린다.

보아라, 보아라 소리치지는 않고
보아라, 보아라 그 입모양만 보이며
우리들 눈앞에
뺨 비비며
첫눈은 그렇게 그렇게
붐빈다.

불씨

내버려둬요.
내버려둬요.

오로지 풀씨만한 몸뚱어리 하나로
떠도는 같잖은 소리들 다 듣고서

세상에 비치는 같잖은 모습들
몸에 모두 가득 두르고서.

한번 타오르자, 도란도란,
한번 재가 되자, 도란도란.

가장 황량하고
가장 추운 곳에 끼리끼리 모여서

이내 가슴 이 숨결을
불지피며 보채는 저것들을

내버려둬요.

내버려둬요.

끼리끼리

끼리끼리 붙어서
아무런 낌새도 모르는 채 살아간다.
노래 부르며 박수치며 혹은
흐느끼며 통곡하며
끼리끼리 붙어서 하나가 된다.

나무는 나무대로
바람은 바람대로
들꽃은 들꽃대로
창녀는 창녀대로
부부는 부부대로
끼리끼리 붙어서 산다.

바닷가를 보아라.
모래는 모래끼리 붙어서 모래사장을 만들고
바람은 바람끼리 붙어서
파도를 만들지만

파도 또한 한덩어리가 되어
산보다 큰 함성을 만든다.
나무는 바닷가의 나무는
파도와 바람과 함께 노닐면서
청청하게 서 있다.

달려가서 바닷가에 서 있고 싶어라.
끼리끼리 사는 모습 바라보며
청청하고 싶어라.
죽음까지도 청청하고 싶어라.
내가 뱉는 욕설까지도
밤하늘의 별처럼 반짝이고 싶어라.

바위

어제 하루도 고개를 떨구어
침묵을 하고
그제 하루도 고개를 떨구어
침묵을 하고
그끄저께 하루도 고개를 떨구어
침묵을 했으니께

누가 누가 잘하나
침묵 내기 침묵을 하기다.

오늘 하루도 하늘을 우러러
침묵을 하고
내일 하루도 하늘을 우러러
침묵을 하고
모레 하루도 하늘을 우러러
침묵을 하고
글피 하루도 하늘을 우러러

침묵을 하기다.

누가 누가 오래 하나
침묵 내기 침묵을 하기다.

해빙

유난히 추웠던 겨울
유난히 따스한 봄이 오려나.

모두 얼어붙은 겨울이었지
골목마다 와자지껄 떠들던
조무래기들의 소리도 얼어붙고
새벽녘 책 읽는 소리도 얼어붙었지.

긴급 뉴스를 외치는 텔레비전도
신문의 특호활자도 얼어붙고
어머님의 자장가도 얼어붙었지.

하늘까지 사무치며 오르던
교회들의 기도소리도
허공중에 얼어붙고
모든 움직이는 것
꼼짝없이 그 자리에 얼어붙었지.

높거나 낮은 곳,
넓거나 좁은 곳,
밝거나 어두운 곳 구별없이
남녀노소 구별없이 얼어붙었지.

유난히 따뜻한 봄이 오려고
불씨마저 움츠려 얼어붙었는가.
우리들의 언 사랑이 풀리면
언 하늘도 풀리고, 언 땅도 풀려
모두 풀리는
봄은 오려나.

아직 살아 있기에

봄이 오면, 봄이 오면
피어나라 피어나라 해도
피어나지 않을 거야
피어난다 피어난다 되풀이했던 말까지
다시 다시 불러들일 거야

여름이 오면, 여름이 오면
푸르러라 푸르러라 해도
푸르르지 않을 거야
푸르리라 푸르리라 되풀이했던 말까지
다시 다시 불러들일 거야

가을이 오면, 가을이 오면
떨어져라 떨어져라 해도
떨어지지 않을 거야
떨어진다 떨어진다 되풀이했던 말까지
다시 다시 불러들일 거야

겨울이 오면, 겨울이 오면
얼어라 얼어라 해도
얼지 않을 거야
언다 언다 되풀이했던 말까지
다시 다시 불러들일 거야

아직 살아 있기에,
봄 여름 가을 겨울이
우리들 몸 안팎으로 살아 있기에
봄 여름 가을 겨울 가릴 것 없이
한몸으로 한사랑으로 살아 있기에
슬프지 않고 부끄러울 뿐
기쁘지도 않고 고요할 뿐
아, 부끄러움과 고요함이 쌓여
깨끗한 용기가 되어 살아 있기에.

자유가 시인더러

자유가 시인더러 하는 말 좀 들어보게.
시인이 자유더러 하는 말 좀 들어보게.
서로 먼저 말하겠다고 싸우는 꼴 좀 바라보게.
도무지 무슨 말인지 알아들을 수도
없는 말 한번 들어보게.

자유가 시인더러
시인이 자유더러
멱살을 잡고 무슨 말인가를 하지만
전혀 알아들을 수 없네.
우리 같은 촌놈은 도무지 알아들을 수 없네.

자유가 시인더러
시인이 자유더러
따귀를 올려치면서 탁탁탁 치면서
하는 소리 들어보게나.

아아, 저게 상징이구나 은유로구나
상상력이구나
아픔만 낳는 詩法이구나.
오늘 하루도 평탄치 못하겠구만.
일찍 일어나 세수부터 정갈하게 하고
구두끈도 단단히 동여매야겠구만.

꽃사태

천년을 피었다 지고
만년을 피었다 져도
다소곳이 보여만 줄 뿐!

말없이 뿜어대는
너의 빛깔은 어찌 그려내리
너의 한껏 부푼 모습을
가까이서 고개 들어 어찌 보리

내 가슴은 너무 어두워서
너의 터질 듯 잠재우는 소리를
어찌 들을 수 있으리
너와 나 너무 멀리 떨어져 있으므로
피어서 뿜어주고
아물어서 침묵하는
황홀키만 한 꽃사태여.

수갑

천번 만번이라도
손목을 내밀마.
그 손목도 부족하다면
발목이라도 내밀마
그 발목도 안된다면
모가지라도 내밀마
그 모가지도 약하다면
몸뚱어리째 내밀마
이 몸뚱어리 성한 데가 없어
옭아매지 못한다면
좋다, 좋다,
숨결이라도 내밀마.
터럭 난 너의 손아귀 앞에
아아, 내 최후의 눈빛이라도
내밀마.

미꾸라지도 뛰었었소

4·19혁명 24주년에

미꾸라지도 뛰었었소.
차마 물속에서만 가만히 있을 수 없어
모래밭으로 기어올라
물기가 다 마르도록 뛰고 뛰었었소.
그때, 사람 사는 꼴이 싫어서
산속에서 어슬렁거리던 짐승들도
거리로 뛰쳐나와 뛰고 뛰었었소.
꽃들도 산에서 내려와 거리에서 피어올랐었소.
도둑들도 폭력배도, 사기꾼도 그땐
빈집을 털지 안했었소.
남을 때리지 안했었소.
남을 속이지 안했었소.

"시간이 없는 관계로 어머님 뵙지 못하고 떠납니다.
끝까지 부정선거 데모로 싸우겠습니다. 지금 저의 모든
친구들, 그리고 대한민국 모든 학생들은 우리나라 민주
주의를 위하여 피를 흘립니다. 어머님, 데모에 나간 저를

책하지 마시옵소서. 우리들이 아니면 누가 데모를 하겠습니까. 저는 아직 철없는 줄 압니다. 그러나 국가와 민족을 위하는 길이 어떻다는 것을 알고 있습니다.저희 모든 학우들은 죽음을 각오하고 나간 것입니다. 저는 생명을 바쳐 싸우려고 합니다. 데모하다 죽어도 원이 없습니다. 어머님, 저를 사랑하시는 마음으로 무척 비통하게 생각하시겠지마는 온 겨레의 앞날과 민족의 해방을 위하여 기뻐해주세요. 이미 저의 마음은 거리로 나가 있습니다. 너무도 조급하여 손이 잘 놀려지지 않는군요. 부디 몸 건강히 계세요. 거듭 말씀드리지만 저의 목숨은 이미 바치려고 결심하였습니다. 시간이 없는 관계상 이만 그치겠습니다."*

참으로 오랜만에 사람이 사람답게 외치며
거리를, 조국의 품안을, 민족의 이 땅을 누볐었소.
남녀노소가 따로 없었었소.
땅 위 사람의 마음은 높고 하늘은 낮았었소.

조국은 길고 정치는 짧았었소.

우리 겨레, 우리나라 있어온 지 처음으로

그때, 사람들은 사람들의 마음을 보았었소.

그때, 사람들은 처음으로 영원을 보았었소.

그때, 사람들은 처음으로 남이 아닌 한식구가 되었었소.

우리 식구 아닌 사람 썩 물러가라.

삼천만의 목소리로 외쳤었소.

이십사년 전 일이었소.

꿈이 아닌 현실이었소.

* 4·19 당시 서울 한성여중 2년에 재학중이던 진영숙 양은 어
  린 몸으로 이 유서를 써놓고 혁명에 참가, 산화했음.

대낮

파란 하늘 아래
잠자리 날고

잠자리 날개 아래
파란 연못 잠들었다.

하늘 위에는 가끔
연못 잠잠거리고

연못 위에는 쉴새없이
잠자리 삼삼거리고

사나운 바람도
잠자리 날개에 잠들었다.

사나운 먹구름도
연못 속에 잠들었다.

어머니

열일곱에 시집오서
일곱 자식 뿌리시고
서른일곱에
남편 손수 흙에 묻으신 뒤,

스무 해 동안을
보따리 머리에 이시고
이남 땅 온 고을을
당신 손금인 양 뚝심으로 누비시고
훤히 익히시더니,

육십 고개 넘기시고도
일곱 자식 어찌 사나
옛 솜씨 아슬아슬 밝히시며
흩어진 자식 찾아
방방곡곡을 누비시는 분.

에미도 모르는 소리 끄적여서
어디다 쓰느냐 돈 나온다더냐
시 쓰는 것 겨우겨우 꾸짖으시고,

돌아앉아 침침한 눈 비비시며
주름진 맨손바닥으로
손주놈의 코를 행행 훔쳐주시는 분.

南陽灣의 별

마음들이 타고 마를 때
젖은 밤하늘 우러러
수많은 사람들은 모가지를 다투어 쳐들고

그 꿈마저 다하고 막힐 때
모가지들은 끊어지고 부서져서
젖은 밤하늘에 산산이 박힌다.

두고 온 야전의 밤하늘을 누비는
별똥빛보다도 더 바쁘고
두고 온 남산 하늘에 뜨는
불꽃보다도 더 뜨거운 별들.

긴급으로 태어나서
위태위태하게 살결 나누다가
위태위태하게 쓰러지는 몸을 이끌고
모래처럼 몰리고 쓸려서

남양만에 가득 모였다.

더이상 울음으로 채울 수 없는
한국의 하늘은 천년이고 만년이고
저러한 마음들로 가득하여서

이젠 쏟아지누나
하늘도 무거운 마음
이젠 쏟아지누나

불도저도 가쁜 숨결
타고 마른 마음들을 왼종일 갈아엎는구나.

황혼

해가 지려 하면 풀잎들은
유난히도 서걱인다.

차갑고 어두운 살결을 열어
친구야 우리 서로 몸을 비비자.

처녓적 죄지은 우리들 누나의 얼굴보다도
훨씬 더 당황하고 훨씬 더 붉은
하늘 아래서
우리는 고달픈 몸을 흔든다.

어머니의 마음보다 더 강하게
아롱아롱 맺히는 눈물은

어둠이 입 벌려
삼켜버리지만
눈뜨고 보아라

순식간에 별이 되고
달덩어리로 걸리잖니.

친구여
서걱이는 풀잎과 함께 흔들려
눈뜨는 별이 되든지
달덩어리가 되든지 하자구!

겨울소식

광주를 온몸에 흠뻑 적셔
터벅터벅 그 친구는 서울엘 와서

늘 외롭고 힘없는 내 손을 쥐고
눈과 손으로 광주를 건네주지만

내 허전한 마음까지 건네면 쓰나
내 찌든 몸까지 건네면 쓰나

찬바람 속에서 광주는
큰 애를 뺐다더라.

찬 눈에 덮여서도 무등산은
그렇게도 우람한 만삭이더라.

광주를 온몸에 적셔서
서울의 내 곁에 사알짝 놓아두고

터벅 터벅
서울을
떠나버리는 친구!

친구에게

내가 맡기고 온 고향
니가 잘 보살피고 있겠지.

나의 허물까지를 약점까지를
니 수염 쓰다듬듯이
그렇게 잘 쓰다듬고 있겠지.

뙤약볕에 그을릴 대로 그을린
광주천의 돌멩이들도
그 자리 놓인 대로 꼼짝거리고 있겠지.

친구야
겨울이지만 지금 내 가슴 더워서
이 펜도 더워서 들끓구나.

친구야
이 추운 겨울을 탈없이 넘기는 일은

쉬지 않고 늘 꿈짝거리는 일.
깨문 입술이라도 달싹거리는 일.

친구야
나와 니가 고향을 지키는 일은
이렇게 더운 몸으로
꿈짝거리는 일.

元達里*의 아버지

모든 소리들 죽은 듯 잠든
전남 곡성군 죽곡면 원달 1리

九山의 하나인 桐裡山 속
泰安寺의 중으로
서른다섯 나이에 열일곱 나이 처녀를 얻어

깊은 산골의 바람이나 구름
멧돼지나 노루 사슴 곰 따위
혹은 호랑이 이리 날짐승들과 함께
오손도손 놀며 살아라고
칠남매를 낳으시고

난세를 느꼈는지
산 넘고 물 건너 마을 돌며
젊은이들 모아 夜學하시느라
처자식을 돌보지 않고

여순사건 때는
죽을 고비 수십 번 넘기시더니
땅뙈기 세간살이 고스란히 놓아둔 채
처자식 주렁주렁 달고
새벽에 고향을 버리시던 아버지.

삼십년을 떠돌다
고향 찾아드니 아버지 모습이며 음성
동리산에 가득한 듯하나

눈에 들어오는 것
폐허뿐이네 적막뿐이네.

* 필자가 태어난 곳.

친구들

긴긴 해를 산짐승 날짐승이랑 함께
가파른 산을 뛰어오르며
가시덤불에 살이 찢겨 흐르는
피를 문질러가며,

산열매로 가득 배를 채우고
찔레꽃 개나리꽃으로 입술 물들이며
짐승들보다 더 빠르게
신나게 뛰던 친구들.

외지 포수의 사냥길 따라나서
포수의 화살에 맞아
영영 돌아오지 않던 친구를 원통해하다가

밤나무그루 돌로 치고 쳐서
쏟아지는 알밤을 소나기 맞듯 맞으며
짜릿한 아픔을 함께하던 친구들.

어둠속에서 두근거리는 가슴 조이며
한밤내 대창 부딪는 소리 들으며
친구들 생각에 밤잠을 설치고,

서로 무사했는지 새벽에 일어나
고함 지르며 골목골목을 뛰며
아침 안부를 나누던 친구들.

그 모습만 모습만
동리산 기슭에 가득 고였다.

同行

삼십년을 떠돌다가
광주에 들러
친구 錫武를 차고
고향 찾아가는 길.

가다 가다 더위에 지치고
몰아치는 어린 시절이 숨가빠서
옷 벗어 바위에 던지고
동리천*에 뛰어들어
금세 얼어붙는 성년을 덜덜 떨며
머리 위로 구름 스치는 소리
물고기 맨살 간질이는 소리 듣는다.

침묵으로 고향길 밟는 발바닥,
어렸을 적 내 발가락 부딪쳐 피내던
돌부리 하나하나 떠올리며
대창 부딪치는 소리 꽂히는 소리

쓰러지는 비명소리 들으며

착한 짐승 거느리듯
친구 석무를 뒤에 거느리고
어른을 버리고,
아장걸음으로 고향길 걷는다.

* 태안사 가는 길 옆으로 흐르는 계곡.

눈보라

'아이고 추워라'고 소리만 내도
금세 깨어져 무너져버릴 듯
쩡쩡 얼어붙은 겨울날,
무슨 재주로 눈보라는
저렇게 부드러이 이 천지에 붐비나.

헐벗은 나뭇가지에도 돌멩이에도
살얼음 깔린 시냇가에도
한 맺히며 얼어붙은 내 가슴에도
당당히 붐비는 저 영혼들.

눈 감거나 뜬 사람들 앞에서도
귀 닫거나 뚫린 사람들 앞에서도
입 다물거나 열린 사람들 앞에서도
거침없이 붐비는 저 소리들.

우리들 재주로는

모두들 환장할 수밖에 없다.
대문을 열고 방문을 열어
아니다 아니다 마음까지를 모두 모여
환장하면서 섞여 붐빌 수밖에 없다.

영혼도 움직이는 영혼이라야 영혼이고
움직임도 움직이는 것이라야 움직임이니까.

꽃나무들

헐벗을 날이 오리라
바람 부는 날이 오리라
그리하여 잠시 침묵할 날이 오리라.

겨우내
떨리는 몸 웅크리며
치렁치렁한 머리칼도 잘리고
얼어붙은 하늘 향해
볼 낯이 없어, 피할 길이 없어
말없이 그저 꼿꼿이 서서
떨며 흔들리리라.

푸름을 푸름을 모조리 들이마시며
터지는 여름을 향해
우람한 꽃망울을 준비하리라.

너희들은 아버지를 아버지라 부르고

너희들은 어머니를 어머니라 부르고
너희들은 형님을 형님이라 부르고
너희들은 누나를 누나라 부르고
동생을 동생이라고 처음 부르던
이 땅을 부둥켜안고,

결코 이 겨울을 피하지 않으리라
결코 이 땅을 피하지 않으리라.
이곳말고 갈 수 있는 땅이
어디 있다더냐.

헐벗을 날이 오더라도
떨 날이 오더라도
침묵할 날이 오더라도.

꽃 앞에서

저 향기, 저 향기!
코를 다시
코이게 하는.

저 무데기의 모습, 저 모습들!
눈을 다시
눈이게 하는.

저 아우성, 저 아우성!
입을 다시
입이게 하는.

저 소리없는 어울림, 저 어울림!
사람을 다시
사람이게 하는.

저것들 앞에서!

모두 꽃이 되어
시인은 비틀비틀!
산천은 어질어질!

詩를 생각하며

도무지 시를 생각할 수 없도록
바삐 돌아가는 세상 속에서
눈을 감고 두근거리는 가슴 열어
이렇게 중얼거려본다.

도대체 시가 무엇이길래
남들이 그렇게 소중히하는
가정까지를 버리는가.
도대체 시가 무엇이길래
질서를 버리는가.

도무지 시를 사랑할 힘마저 빠져
지쳐 늘어지고 싶은 날엔
살을 꼬집어 아파아파하며
이렇게 중얼거려본다.

도대체 시가 무엇이길래

육신과 영혼을 이끌고 지옥까지 들어가는가.
도대체 시가 무엇이길래
나라 앞에서 초개처럼
하나뿐인 목숨까지 열어놓고 바치는가.

시를 안 쓰고는 못 배길 그런 날은
오랫동안 버렸던 펜을 들기 전에
이렇게 중얼거려본다.

도대체 시가 무엇이길래
목숨 걸고 자기를 주장하는가
속으로 차오르는 말을 풀어놓는가

시보다 더 자유로운 세계를 찾아서
나는 시를 썼던가. 쓸 것인가.

깨알들

웅달진 미곡상회의
가장 구석진 자리로 밀리고 밀려
무슨 사연들로 저리 웅성이는가.

버러지 같은 것 버러지 같은 것들이
제 세상 만난 듯 슬슬 치며 기어다녀도
꼼짝 않고 물러앉아 곱디곱게
길을 내주며,

눈보라치는 날이든
장마가 끊이지 않는 날이든
작은 몸들을 서로 부둥켜안고
지는 해 뜨는 달
가슴으로 받아 반짝이며

무슨 소문은 없나
꿈이라도 좋겠네

빨리 팔려가고파서
눈들을 굴리며
지나는 행인 쳐다보며
목을 빼네

그리워서.
그리워서.

봄소문

소문은 봄이라 들리지만
틀릴 때도 있단다,
아직은 봄이 아니다.

잘못 알고
사립문 빵긋 열고 나온
어린것들아.

아직도
바람 끝이
차고 매섭구나.

피려는
꽃봉오리도
다시 오므라들지 않느냐.

폭풍한설 몰아치면

오기는 꼭 오는
봄이란다.

들어가서 안 나오진 말고
옷을 더 껴입고 나오려무나
어린것들아.

친구야

친구야,
폭우가 쏟아진다.
폭우 속으로 가자.

친구야,
폭설이 내린다.
폭설 속으로 가자.

친구야,
달이 뜬다.
달빛 속으로 가자.

친구야,
해가 뜬다.
햇빛 속으로 가자.

친구야,

산천이 퍼덕인다.

산천으로 스며들자.

눈꽃

슬픔 슬픔
너의 슬픔
차마 슬픔이라 말 않겠네.

예까지 밀려 떠돌며
가까스로 피어오른 뜻.

밤새도록 울며 쌓여
기어이 황홀한 모습 드러냈고,

밤 풍경
밤 사연
한올 한올 짜내어서

바람 불면 무너진다
슬픔으로 쌓은 공

놓칠세라
꼬옥꼬옥
끼리끼리 얼싸안네.

可居島*

너무 멀고 험해서
오히려 바다 같지 않은
거기
있는지조차
없는지조차 모르던 섬.

쓸 만한 인물들을 역정내며
유배 보내기 즐겼던 그때 높으신 분들도
이곳까지는
차마 생각 못했던,

그러나 우리 한민족 무지렁이들은
가고, 보이니까 가고, 보이니까 또 가서
마침내 살 만한 곳이라고
파도로 성 쌓아
대대로 지켜오며

후박나무 그늘 아래서
하느님 부처님 공자님
당할아버지까지 한식구로 한데 어우러져
보라는 듯이 살아오는 땅.

비바람 불면 자고
비바람 자면 일어나
파도 밀치며
바다 밀치며
한스런 노랫가락 부른다.

산아 산아 회룡산아
눈이 오면 백두산아
비가 오면 장내산아

바람 불면 회룡산아
천산 하산 넘어가면

부모형제 보련마는
원수로다 원수로다
산과 날과 원수로다**

낯선 사람 찾아오면 죄 많은 사람 찾아오면
태풍 세실을 불러다가
겁도 주고 달래보고 묶어보고 풀어주는
바람 바람 바람섬,
파도 파도 파도섬.

길 가는 나그네여!
사월혁명의 선봉이 되어
반민주 반독재와 불의에 항거하여
싸우다가 십구일 밤 무참히 떨어진
십구세의 대한의 꽃봉오리가 여기
누워 있다고 전해다오***

자식 길러 가르치고
배운 자식 뭍으로 보내
나라 걱정, 나라 위해
목숨도 걸 줄 아는
멋있는 사람들이 사는
살 만한 땅.

* 전남 신안군 흑산면에 있는 우리나라 최서남단의 섬. 흔히
  소흑산도라 하지만 이는 일제시에 일본인이 붙인 이름으로
  행정상의 지명도 가거도임. 현지 주민들도 꼭 가거도라고 부
  르며 소흑산도란 말을 쓰면 싫어함.
** 가거도 주민들이 그곳 전설을 민요화해서 부르는 노래.
*** 이곳 출신으로 서울로 유학, 서라벌예술고등학교에 재학
    중이던 김부연(金富連) 군이 4·19혁명에 가담하여 산화했는
    데, 그 기념비가 이 가거도에 세워져 있음.

國土序詩

발바닥이 다 닳아 새살이 돋도록 우리는
우리의 땅을 밟을 수밖에 없는 일이다.

숨결이 다 타올라 새 숨결이 열리도록 우리는
우리의 하늘 밑을 서성일 수밖에 없는 일이다.

야윈 팔다리일망정 한껏 휘저어
슬픔도 기쁨도 한껏 가슴으로 맞대며 우리는
우리의 가락 속을 거닐 수밖에 없는 일이다.

버려진 땅에 돋아난 풀잎 하나에서부터
조용히 발버둥치는 돌멩이 하나에까지
이름도 없이 빈 벌판 빈 하늘에 뿌려진
저 혼에까지 저 숨결에까지 닿도록

우리는 우리의 삶을 불지필 일이다.
우리는 우리의 숨결을 보탤 일이다.

일렁이는 피와 다 닳아진 살결과
허연 뼈까지를 통째로 보낼 일이다.

모기를 생각하며

國土 1

내가 딛는 땅은 내 땅이 아니다.
내가 읽는 글은 내 글이 아니다.
내가 하는 말은 내 말이 아니다.
내가 하는 노래는 내 노래가 아니다.
내가 눕히는 아내는 내 아내가 아니다.

모기야 지난여름
작은 음성으로 울어싸며
내 피를 맹렬히 빨아 먹던
네 입술만이 오직 내 것이다.
내 능력이다. 사랑이다. 그리움이다.

모기야, 내 모든 것은
아리랑 고개를 넘어가버렸는데
나를 버리고 천리도 더 갔는데
발병은커녕 잘도 뛰어갔는데

모기야, 네 입술 네 음성만이
텅 빈 내 귓가며 눈 언저리에
부러울 것 없이 무성히 자란다.

꿈속에서 보는 눈물
國土 2

참말로 별일이다.
내 꿈속의 어떤 村落에서는
헐벗은 눈물과 눈물들이
소리없이 만나고 쉴새없이 부딪쳐서
정처없는 눈물들을 소생시킨다.

눈물의 새끼들은 순식간에 자라서
애무도 맘놓는 정처도 없는 곳에
또다른 눈물들을 탄생시킨다.

뿐이랴.
어메의 눈물이 아배의 맨살에 닿자
살도 어느덧 눈물이 되고
아배의 눈물이 어메의 맨살에 역습하자
그 살도 또한 눈물이 되는

오오, 이 황홀한 범람을

하염없이 바라만 보아도
내 몸도 거칠게 출렁이는 눈물이 된다.

어차피 피와 살이 한통속이 되고
뺨따귀와 혼이 한 함성으로 번지는
눈물의 頂點, 頂點,
참말로 별일이다.

흰 뼈로

國土 7

잠든 금수강산엔 잡초만 자란다.
그 잡초들을 흔들며
움직이지 못하는 바람은
움직이지 못하는 바람만 낳고
빈 목소리는 빈 목소리만 낳는구나
갑순아.

심심한 판에 나아가 밀어버릴까부다
육자배기나 한 목청 뽑으면서
우리 사이에 가로놓인
그 바람이거나 목소리거나
가령 휴전선 같은 거를
나아가 밀어버릴까부다.

밀다가 죽으면? 송장으로 밀지.
송장이 썩어 문드러지면?
거 있지 않는가.

빛깔 강한 흰 뼈거나
검은 머리칼로,
갑순아.

난들 어쩌란 말이냐

國土 12

오늘까지 살아오는 동안에
4·19 정신! 어쩌고 저쩌고 하면
실감도 안 나고 괜히 부끄러워만 진다.

그날 우거진 총검의 숲을 맨가슴으로 헤치며
독재의 울타리를 향해 파도치다가
한방의 총알에 쓰러져
오늘 다시 살아난다 해도 부끄러울 것인가.

그날 총알이 나를 피해 달아나서
그날 숨을 거두지 못했지만
그 총알이 한없이 원망스럽지만
그래도 맺힌 한은 여직 남아 있어서
들끓는 눈물을 하늘에 뿌리며
비틀비틀 수유리를 찾아간다.
하, 허연 비석들이 살아나면 무얼하나
하, 들꽃들이 피어나면 무얼하나

하, 참새들이 울어싸면 무얼하나 하, 혁명을 생각하면
무얼하나

4·19 묘지 앞에 비석으로 꼿꼿이 서서
뼈를 갈아 섞은 듯 독한 소주에 나를 묻으면
하늘도 언짢아서 궂어진다.
궂은 대로 번개도 치고 천둥도 울먼야
그날의 함성을 몸에 두리두리 두르고
피뢰침일랑 머리에 꽂고 가슴에 꽂고
죽음 가까운 데까지 가서
묶인 육신 펄럭이며 아가릴 벌려
풍선처럼 아우성 아우성을 친다면 덜이나 억울하겠는
데……

하, 하늘은 저리 궂기만 하고
천년이고 만년이고 바다는 파도 하나 못 일으킬 징조냐.
더운 가슴들은 식어만 가기냐
살아남아서 괜히 부끄러워진다.

석탄

國土 15

참나무 숨결이 파도치는 두 어깨며
지나치게 이글대는 두 눈망울,
온몸을 철조망 같은 심줄로 무장하고
도계탄광서 온 그 사내와 만나던 날
눈에 핀 다래끼여 터져버려라
터져버려라 다래끼여, 폭음을 했다.

이 趙哥야, 그 거창한 체구엔
노동을 하는 게 썩 어울리겠는데
詩를 쓴다니 허허허 우습다, 趙哥야.

굼벵이도 구르는 재주는 있는갑다고
회색 바바리코트 사줄 테니 詩人폼 내라고
왜 그리 못생겨 울퉁불퉁하냐고
악쓰고 힘쓰고 힘뱉고 악뱉고 있을 때

韓民族의 巨軀요 표준을 넘는 美男은

검다 검다 지쳐 흰빛도 튀기는
쌔카만 석탄을 생각하고 있었다.
아니 쌔카만 석탄이 되고 있었다.

맨 밑바닥에서 서러우나 즐거우나
언제 어디를 안 가리고 솟구치고
꿈틀거리는 석탄이 되어서
韓民族의 거구요 미남인 나는
꺼멓게 꺼멓게 울고 있었다.

山에서
國土 18

나는 늘 홀로였다.
싸움은 많았지만 승리는 늘 남의 것이고
남는 패배는 늘 내 것이었다.

배낭을 벗어 바위 곁에 놓고
신발을 벗는다, 양말을 벗는다.
좔좔 흐르는 물에 죄 많은 손발을 씻어내자
시리도록 시리도록 씻어내자.

高粱酒를 한모금 빤다.
솔직하고 빠르게 肺腑를 들쑤신다.

드디어 시야가 막히고
내 몸엔 검붉은 불이 붙는다.
검붉은 불이 활활 타오르고
"아서라 태일아, 해가 진다, 해가 진다, 어서 일어나거
라"

아버님 목소리가 활활 타오르고,
눈물이 핑그르르 발등을 친다.
눈물이 핑그르르 발등을 친다.

앞산 뒷산 옆산이 다투어 다가서고
낙엽들은 내 옆에서 흩날리다 지고
山들이 조이니깐 하늘은
위로만 위로만 빠져나와 치솟는다.

고량주 한모금에 담배 한모금,
한모금 빨아 머리 위로 날리고,
한모금 빨아 앞뒷옆 산에 날리고
한모금 빨아 물 위로 날리고……

눈보라가 치는 날

國土 21

별안간 눈보라가 치는 날은
처음엔 풍경들은 풍경답게 보이다가는
그 形體들은 끝내 소리도 없이 묻힌다

눈보라가 치는 날은 술을 마시자
술을 마시되 체온을 생각해서 마시자
눈보라가 치는 날은 술을 마시자
술을 마시되 약간의 낭만을 위해서
국경선을 떠올리며 마시자.
눈보라가 치는 날은 술을 마시자
술을 마시되 失語症을 염려해서
두근거리는 가슴 열고 홀로라도
열심히 말을 하며 마시자.

눈보라가 치는 날 술이 없으면 어찌하나,
눈보라가 치는 날 국경선이 안 떠오르면 어찌하나,
눈보라가 치는 날 두근거리는 가슴 없으면 어찌하나,

신문지 위에나 헌 교과서 위에다가
술잔을 그리고 새끼줄이라도 칠 일이다.
앵무새 입부리라도 그리고
ㄱㄴㄷㄹㅁㅂㅅㅇㅈㅊㅋㅌㅍㅎ,
이런 子音이라도 열심히 그릴 일이다.
신문이나 교과서의 글씨가 안 보일 때까지
눈이 침침할 때까지, 뒤집힐 때까지
그리고 또 그릴 일이다.

눈보라가 치는 날은
처음엔 풍경들은 풍경답게 보이다가는
그 형체들은 끝내 소리도 없이 묻히니……

피

國土 22

피야, 너는 쏟을수록 붉고
피야, 너는 쏟을수록 아름다우므로
내 너를 무덤까지는
데리고 갈 생각은 없다만,

너를 그냥은 내보이지 않겠다,
머리카락이나 겨우 흔들고
놋대접 속의 숭늉이나 겨우 휘젓는
그런 하잘것없는 바람만 불어와도
그냥 휘어지고 꺾이는
우리들 몸뚱어리 속에 흐르는 너지만

너를 그냥은 내놓지 않겠다
십촉짜리 전등불만 보아도 물러서고
흐린 생선의 눈빛만 보아도 물러서는
그런 하잘것없는 어둠만 밀려와도
그냥 쓰러지고 새카맣게 묻히는

우리들 몸뚱어리 속에 흐르는 너지만

너를 그냥은 빼앗기지 않겠다,
전엔 녹슬고 부러진 칼끝만 보아도
미리미리 쏟고 싶던 너였지만

피야, 이젠 그냥은 내보이지 않겠다,
피야, 이젠 그냥은 내놓지 않겠다,
피야, 이젠 그냥은 빼앗기지 않겠다.

굼벵이

國土 24

뒤안길에서 한 5천년 살아온
우리들은 낮도 그리워하고
밤도 함께 그리워하는가.

그래서 그런가
지금 내가 뒹구는 땅 위에는
낮도 많고 밤도 많아라

하룻밤을 썩은 이엉 속에서 살다가
햇빛 쨍쨍한 마당으로 내려와서
눈도 코도 입도 귀도 닫힌 채

허연 몸을 번쩍번쩍 뒤집고 뒤집어서
몸에 묻은 밤이슬을 그리움으로 말리다가
이내 몸을 구부리고 침묵하는……

누가 나더러 굼벵이라고만 하는가

밤마다 썩은 이엉 속으로 기어들어
이젠 눈도 코도 입도 귀도 열어놓고

드드득 이빨 갈아 어둠을 갉아먹고
눈깔 껌벅여 어둠을 갉아먹고
그리워서 하도 그리워서
달더러 보라고 몸 뒤채이며
밤이슬 맞는다. 밤이슬 맞는다.

버려라 타령

國土 30

아무리 아무리 아니라 해도
신문은 곧 휴지일진댄
알알이 태연히 잘못 박힌 *活字*야
썩은 피라미 눈깔아, 차라리 뒤집혀서
시커먼 *覆字*로 눈멀어버려라
시커먼 *覆字*로 눈멀어버려라

아무리 아무리 아니라 해도
라디오와 텔레비는 *古鐵*일진댄
죄없는 *老母*와 여편네와 두 갓난애기의
귀와 눈들을 할일 없이 들쑤시는
목소리야 황소 울음소리야 제발 꺼져버려라
부숴버리기 전에 던져버리기 전에 꺼져버려라

금순이만 굳셀 일이 아닐진댄
고바우각하야 두꺼비각하야 야로씨각하야
나원참어사각하야 왈순아지매각하야

굳세어버려라 굳세어버려라

움직이는 곳에 진리가 있을진댄
머리비듬아 일어나버려라
살비듬아 일어나버려라
무좀에 시달린 발가락아 제발
꼼지락거려버려라 꼼지락거려버려라.

푸른 하늘과 붉은 황토

國土 34

아내와의 모든 접선도 끊어버리고
말 배우는 어린 새끼들과의 대화도 끊어버리고
나를 가르친 모든 책으로부터도
中古가 돼버린 철없는 장난감으로부터도
멍청한 家具들로부터도 떠나버리자.

아이고 무서워
아이고 무서워

그림자를 고요히 고요히만 밟혀주는
달빛 별빛으로부터도,
무수히 발바닥을 포개보던
광화문이며 종로며 태평로로부터도
자유다 평등이다 인권이다 민주다 의무다 국민이다
어쩌고 하는 한국적 표준말로부터도 떠나버리자.

아이고 무서워

아이고 무서워

망우리 근처 푸른 하늘 밑의 풀잎들은
그렇게 푸르기만 하며
푸른 하늘 밑의 황토들은
그렇게 붉기만 하며
푸른 하늘 밑의 무덤들은
그렇게 고요히만 누웠냐

아이고 무서워
아이고 무서워

바람 자고 소리 끊겨 고요하기는 해도
끝간 데 없는 푸른 하늘은 저리 답답하단다.
푸른 풀들이 흔들리긴 해도
하늘 밑에 깔린 황토들은 저리 답답하단다.

겨울에 쓴 自由序說

國土 43

  1

우리들의 눈은
허름한 날품팔이의 일거수일투족에서
이 시대의 눈물을 본다.
우리들의 입은
뚜껑 덮인 청계천처럼 더럽고 컴컴한
야간 완행열차를 바다로 끌고 가
파도 끝에다 함성을 보태고

우리들의 귀는
닫아도 닫아도 거듭 열려서
말 못하는 침묵을 듣기도 한다.

  2

어느 비린내 나는 시장 모서리

포장도 없이 썰렁한 싸구려 음식점에서
이십원짜리 멀건 수제비 한 사발과
깍두기 두어 점으로 배를 채우고
험난한 팔다리를 끌며 생활을 찾아
일어서는 우리들의 형님과 누나들

웅크리고 있던 겨울 바람도 일어나
윙윙거리며 따라나선다

3

肝이 콩알만해지는
우리들의 메마른 땅 우리들은
두서없는 말이라도 뿌린다.

기왕에 두서없는 땅
순서가 뒤바뀌어서 뿌리가

하늘로 솟는 땅

솟아서 비나이다 비나이다
우리 하나님께 비나이다

우리들의 머리 위로 내닫는
고압선 고압선 고압선을
우리들 목에 걸어주시옵소서

발버둥치며 이 땅의 구석구석을
더운 가슴으로 더듬으며
이 겨울을 불지피며 기어다니리니

눈물

바람 속에 피는 슬픔이었다가
햇빛 속에 반짝이는 기쁨이었다가

바람이었다가 햇빛이었다가
슬픔이었다가 기쁨이었다가

땅속 깊이 흐르는 물이었다가
땅 위로 솟아난 바위였다가

끝내 입을 여는 침묵이었다가
끝내 소리치는 말이었다가

나의 가장 소중한 생명으로 돌아오는
너의 가장 소중한 생명으로 돌아가는

오오 충만한 울음아
울음아.

어머님 곁에서

온갖 것이 남편을 닮은
둘쨋놈이 보고파서
호남선 삼등 야간열차로
육십 고개 오르듯 숨가쁘게 오셨다.

아들놈의 출판기념회 때는
푸짐한 며느리와 나란히 앉아
아직 안 가라앉은 숨소리 끝에다가
방울방울 맺히는 눈물을
내게만 사알짝 사알짝 보이시더니

타고난 시골솜씨 한철 만나셨나
山一番地에 오셔서
이불 빨고 양말 빨고 콧수건 빨고
김치, 동치미, 고추장, 청국장 담그신다.
양념보다 맛있는 사투리로 담그신다.

─엄니, 엄니, 내려가실 때는요
　　　비행기 태워드릴게.
　　─안 탈란다, 안 탈란다, 값도 비싸고
　　　이북으로 끌고 가면 어쩌 게야?

　　옆에서 며느리는 웃어쌓지만
　　나는 허전하여 눈물만 나오네.

식칼論 1

창틈으로 당당히 걸어오는
햇빛으로 달구었어!
가장 타당한 말씀으로 벼리고요.

신라의 허황한 힘보다야 날카롭고
井邑詞의 몇구절보다는 덜 애절한
너그럽기는 무등산 허리에 버금가고
위력은
세계지리부도쯤은 한칼이지요.

흐르는 피 앞에서는 묵묵하고
숨겨진 영양 앞에서는 날쌔지요.
비장하는 데 신경을 안 세워도 돼,
늘 본관의 심장 가까이 있고
늘 제군의 심장 가까이 있되
밝게만 밝게만 번뜩이면 돼요
그의 적은

육법전서에 대부분 누워 있고……
아니요 아니요
유형무형의 전부요.

식칼論 2
허약한 詩人의 턱 밑에다가

뼉따귀와 살도 없이 혼도 없이
너희가 뱉는 천 마디의 말들을
단 한방울의 눈물로 쓰러뜨리고
앞질러 당당히 걷는 내 얼굴은
굳센 짝사랑으로 얼룩져 있고
미움으로도 얼룩져 있고

버려진 골목 어귀
허술하게 놓인 휴지의 귀퉁이에서나
맥없이 우는 세월이나 딛고서
파리똥이나 쑤시고 자르는

너희의 녹슨 여러 칼을
꺾어버리며 내 단 한칼은
후회함이 없을 앞선 심장 안에서
말을 갈고 자르고
그것의 땀도 갈고 자르며

늘 뜬눈으로 있다
그 날카로움으로 있다.

식칼論 3
憲法을 위하여

내 가슴속의 뜬눈의 그 날카로움의 칼빛은
어진 피로 날을 갈고 갈더니만
드디어 내 가슴살을 뚫고 나와서

한반도의 내 땅을 두루두루 날아서는
대창 앞에서 먼저 가신 아버님의 무덤 속 빛도 만나
뵙고
반장집 바로 옆집에서 홀로 계신 남도의 어머님 빛과
도 만나뵙고
흩어진 엄청난 빛을 다 만나뵙고 모시고 와서
심지어 내 男根 속의 미지의 아들딸의 빛도 만나뵙고
더욱 뚜렷해진 無敵의 빛인데도, 지혜의 빛인데도
눈이 멀어서, 동물원의 누룩돼지는 눈이 멀어서
흉물스럽게 엉덩이에 뿔 돋친 황소는 눈이 멀어서
동물원의 짐승은 다 눈이 멀어서 이 칼빛을 못 보냐.

생각 같아서는 먼 눈 썩은 가슴을 도려파버리겠다마는,

당장에 우리나라 국어대사전 속의 '改憲'이란
글자까지도 도려파버리겠다마는

눈 뜨고 가슴 열리게
먼 눈 썩은 가슴들 앞에서
번뜩임으로 있겠다! 그 고요함으로 있겠다!
이 칼빛은 워낙 총명해서 관용스러워서.

보리밥

건방지고 대창처럼 꼿꼿하던
푸른 수염도 말끔히 잘리우고
어리석게도 꺼멓게 익어버린 보리밥아
무엇이 그렇게도 언짢고 아니꼬와서
나를 닮은 얼굴을 하고
끼리끼리 붙어서
불만의 살갗을 그렇게도 예쁘게 비비냐
무릎을 꿇고 허리도 꺾어
하염없이 너희들을 보고 있으면
너는 너무도 엄숙해서
농담은 코끝에서 간지러움으로 피고
가슴속엔 더운 북풍이 인다.
너희들이 쾅쾅 칠 땅은 없고
바람 끝에나 매달리면 어울릴 땀을
다 뒤집어쓰고 나더러는
고추장이나 돼라 하고 나더러는
아무데서나 펄럭일 깃발이나 돼라 하고

탱자나무 울타리 위에
갈기갈기 찢겨 널리던 바람처럼
활발하게 살아라 하느냐
멍청한 보리밥아
똑똑한 보리밥아

참외

누우런 주먹들이 운다.
불끈 쥐고 불끈 쥐고 사랑을 불끈 쥐고
어느 놈들은 벌판에 홀로 홀로 남아
어느 놈들은 청과물시장 멍석 위에서
불붙는 살빛 불붙는 서러운 마음씨 비비며
누우렇게 허옇게 운다

누우런 뙤약볕을
오드득 오드득 3·4조 4·4조 가락으로
잡아 씹어먹고 씹어먹고
뒤집혀서 배꼽으로 허옇게 저항하는,

저것들은 하느님이다. 얼굴 고운 악마님이다.
때 찌든 삼베치마 앞에서 털 앞에서
땀나는 가슴 앞에서 콘크리트 앞에서
저것들은 하느님이다. 얼굴 고운 악마님이다.

자유가 있느냐, 숨죽여 눈으로 물으면
민주가 돼 있냐, 숨죽여 뺨따귀로 물으면
없다, 안돼 있다, 뚜렷하게 대답하고
엎어졌다 뒤집혔다 등으로 배꼽으로 뚜렷하게 저항
하며
누우렇게 허옇게 운다.

굶주린 이빨 안에서
침들도 그 말 좀 들어보자고
불끈 쥐고 불끈 쥐고 주먹을 불끈 쥐고
왼쪽 오른쪽 귀 앞세우고 솟아난다 솟아난다.

간추린 日記

이승만 할아버지 초상화에
누님이 바르는 연지를 찍어 발랐더니
새색시가 됐더라고 말하던 동무와,
눈 내리는 영산강을 스케치한 것은
1950년 일이고.

한라산 허리에 불붙던 소월의 진달래 꽃이며
한라산을 가벼운 날개만으로도 홍분시키던 매미를 잡
으며
백록담에서 먹을 감은 것은
1960년 안개 속에서이고.

두개골 속에서 귀신 옷 갈아입는 듯한
피리소리가 늘 들려 자칭 낮도깨비라 하는 친구와
광화문 네거리를 가로지르던 것은
1961년 핏속에서이고.

정사를 한 오빠와 아무개 여인의 시체 곁에서
사랑만세를 불렀더니 느닷없이 속이 후련한
웃음과 기침이 뛰쳐나와 얼떨떨했다는
의사 지망생인 여학생과 만난 것은
1964년 가을길 위에서이고

파란색 바탕에 검은 글씨로 '詩'라고 쓴 동그라미 깃
발을
광개토대왕비 곁에 나란히 꽂고
내 유서를 20년쯤 앞당겨 쓸 일은
1999년 9월 9일 이전 일이고……

나의 處女膜 1

차라리 진지한 내 홀로의 술잔에서
자유의 시간이 감긴 어느
여학교 강의실에서 파열됐다면야
덜이나 억울해.

사슴이의 뿔이나 부엉이의 입부리나
독수리의 발톱에나 파열됐다면야
차라리 덜이나 억울해.

오월 내가 누워 있던 잔인한 새벽은
침실은 저 가까운 기억의 바다로 가
크게 생각하라. 크게 생각하라.

물마른 가지 위
마지막 인정처럼 걸려 있는
하루가 지루한 학동들의 상학길에
처량하게 처량하게 널려 있는

나의, 당신의, 상한 처녀막은
혁명으로 파열돼서 부끄러워라.
부끄러워라. 당신의 병사의, 시인의 처녀막도
혁명으로 파열돼서 정말 원통해라.
아아. 내 작은 한줌의 자유여. 민주여.
나의 상한 처녀막 근처에 웅성이는
고달픈 아우성을, 쫓기던 음성을 듣는가.
무덤이 있다면 당신들의 나의 처녀막이 다시 만들어
지는
무덤이 있다면
나의 처녀막을 마지막 무사통과하라
저 안타까운 오월의 제왕을 굽어보라
나의 처녀막은 크게 울고 있어라.

나의 處女膜 2

제군
연전에 파열된
나의 처녀막을 기억이나 하시는지.

하루에도 몇번씩 강한 열 손가락으로
나의 어린 유년을 열어젖히고
상한 나의 처녀막 근처에 꿇어앉아
산산히 쪼가리난 흔적의 민주를 자유를
感得이나 하시는지.
통곡이나 하시는지.

쪼가리 쪼가리난 처녀막으로
붉은 세월의 피의 꽃방석 만들어 깔고 앉아
삐리 삐릴리 삐리 삐리 삐릴리
야만의 풀피리를 불고 있네만,
쪼가리 쪼가리난 민주나 자유로
붉은 세월의 피의 꽃방석 만들어 깔고 앉아

삐리 삐릴리 삐리 삐리 삐릴리
야만의 풀피리를 불고 있네만,

심란해라 심란해라
아이 심란해라.

제군
돌아오는 메아리를 향한 나의 눈을,
나의 눈을 보시기나 하는지,
아직 피 마르지 않는 내 육체를
울리며 기어다니는 메아리를 보시기나 하는지.

학동들의 상학길에 널려 있는
광화문 네거리에 널려 있는 처녀막을 흔들고는
다시 눈물로 돌아오는 메아리를 보고 있네만
제군, 알기나 하시는지.

호강 한번 못해보았기로야 나의 처녀막은,
호강 한번 못해보았기로야 민주나 자유는
파열당한 아픔과 그 흔적을 樂으로 삼는가를,
차라리 나의 영양으로 삼는가를,

피흘리며 흩날리는 四季를,
쏘내기 맞듯이 쏘내기 맞듯이 맞고 앉아서
내 육체에 꽂혀 나부끼는 메아리를 보는
나의 눈 속에는
어렸을 적 내 이웃에 살던 영감마님의 얼굴처럼
늙은 내 조국, 몇놈 때문에 보기 싫은 조국이 보이네,
수염 돋듯 돋아난 내 유년이 보이네.
쪼가리 쪼가리난 처녀막으로
아아 쪼가리 쪼가리난 민주와 자유로
붉은 세월의 피의 꽃방석 만들어 깔고 앉아
삐리 삐릴리 삐리 삐리 삐릴리
나의 사랑을 불면서
그렇게 야만의 풀피리를 불면서.

나의 處女膜 3

1

閣下,
대한민국 서울특별시 동대문구 청량리 2동 205의 6호
2층
어느 소견 하나 제대로 이뤄지지도 않고
참말을 해도 거짓말로만 인정되다시피 되는
불만의 다다미방 구석에서
타고난 피를 끓이며 더운 몸을 보채며
어머니 같은 눈물에 눈물에 띄워 보낸
小生의 피리소리를 들어나 보셨는지.

四季를 할 것 없이
뚜렷한 번지에서
뚜렷한 신분을 높이높이 펄럭이며
뚜렷한 취주법으로 띄워 보낸 피리소리는
하마 의욕의 강물을 이뤄 철철철

그대의 가슴, 백성들의 가슴에까지 흐르고 있는지.

그리하여 그 물결에 아로새겨진
소생의 처녀막 파열사를 읽어나 보셨는지
도대체가 불통이어서 갑갑합니다.
소생의 힘은 보잘 것 있는지 없는지 모르겠사오나
가서 뵙겠습니다.
閣下.

    2

피묻은 피묻은 처녀막을 나부끼며
아프고 피비린 냄새를 풍기며
광화문 네거리 한복판에
내가 섰다 내가 섰어.

삼천만 개의 쌍눈을 번뜩이며

삼천만 개의 쌍귀를 세우고
삼천만 개의 가슴을 비벼 불꽃 튀는
불꽃 튀는 단일화된 외침을 가지고
삼천만의 기념비처럼
내가 섰다. 내가 섰어.

개판에,
소판에,
말판에,
나의 처녀막은 더이상 갈갈이 안 찢기겠다.
梨大 쪽을 바라보아라.
鍾三 쪽을 바라보아라.
중앙청 쪽을,
시청 쪽을,
아무런 사심없이 바라보아라
누가 나의 형제이고 누가 나의 적인가를,
누가 가르쳐준 遺訓인가를 아는 자들은

손을 들고 나와서 답하라.

3

막자, 막아
이제 나의 처녀막을 늠름하게
무사통과할 수는 없다.

아직까지도 처녀막이 파열됐다고 여기지 않는 자들은
다리를 벌리고
한강 다리 위에 서서 수면에 비춰볼 일이요,
파열됐다고 여기는 자들은, 그리하여
한줌의 울분이라도 있다면
파열된 처녀막을 가지고 광화문 네거리 한복판에
바리케이드를 바리케이드를 칠 일이다.
자유의 철새 한마리 명랑한 철새 한마리
날아와 울어주지 않는 여기는 누구의 땅인가.

내가 서 있는 땅
이 망국의 분위기 속에서
나는 결코 피로하지 않다.

지금은 또 검은 부정의 불의의 빗줄기가
환호처럼 쏟아지고 있다.
빗줄기에 우리들의 처녀막이 젖을지라도
나와서 여러분!
무서운 예언처럼 무겁게
바리케이드를 바리케이드를 치자.

아침 船舶

1

아침 바다는 叡智에 번뜩이는 눈을 뜨고
끈기의 저쪽을 달리면서

시대에 지치지 않고 처절했던 同伴의 때에
쓰러진 시간들을 하나씩 깨워 일으키고
저 넘쳐나는 地平의 햇살을 보면
청명한 날에 잠 깨는 출항.

세수를 일찍 끝낸 여인들은
탄생을 되풀이한 오랜 진통에
땀 밴 내의를 벗어 바다에 던지고
파이프에 男子들은 두고 온 연대를 열심히 피워 문다.

2

철저한 자유를 부르면서
흐느끼는 深淵 그 움직이는 고요.
가파른 정오의 한때를

이해만이 남고 오직 진행이 있을 때
당황하던 파도를
식욕을 거느린 별들이 주워들고 멀리 떠났다.
험한 해협엔 그러나
意志를 철썩이는 잔잔한 파도의 無聊.
밤새워 해변을 지키던 새의 사연은 남고
순수의 깊이에서 일어서는 書籍들의 눈부신 항변

──아직 침실에 누워 있는 자들도 한번은 떠날 것이다.
휴식의 때가 오면 패배의 옷자락을 가다듬을 꼭 가다
듬을

쓸쓸한 시선들도
한번은 떠날 것이다.

   3

우리에게 주어진 한개의 원인은
서성이는 곳에 쓰러지지 않는 거만한 거부.
타협이 없는 거리를 글쎄
걸어갈 수 있을까?

신앙은 놓이고 길을 가는 의문의 날에
찾아온 제3의 치맛자락에 매달린 식탁.
어지러워라.
천둥이 울더라도 흔들리지 않는
확고의 식탁은 없을까?

쟁취의 이빨을 내놓기 전

낮에도 눈이 감긴 암초의 눈을 뜨게 할 순 없을까.

거울을 빠져나온 꽃들이 찾아가
피어날 꽃나무는 없을까.
계절이 없어 과일들은 익질 못한다.

   4

획득의 눈이 내리고 있다.
학동들의 꿈길에서 얻어진
멀고 먼 나라의 가까운 은혜가 흩날리고 있다.

아침 인사를 받으면서 물러앉은 山
아침 인사를 받으면서 오후가 되더라도 피로하지 않을
하이얗게 움직이는 선박이 있다.

우리 젊은 우울한 선장에겐 무엇을 바칠까?

우리의 모국어를
우리의 손으로 만들어진 나침반을
우리의 눈에 맞는 색깔의 저 지평을 향해
펄럭일
旗를 바쳐야 한다.

强姦

强者도 아니면서
먼지가 바위를 깔아뭉개니.

카시미롱 이불까지도
내 굶주린 배를 무겁게 올라타네.

안 비킬래? 안 비킬래!

다시 鋪道에서

고향을 찾아서
홀로 일어서는 秩序.
풍경들은 계절에 기대어
부산히 도시를 내왕하면서
벙어리가 되는 삐에로가 되는
여기는 어디일까.
너와 나의 영양이 탈영한 연대 위에서
그들은 다만 하나를 붙잡는다.

수다스런 방의 비뚤어진 서재의
변두리를 누비던 사고의 깊숙이
어둠이 내리는 육체를 털고
흩날리는 기억을 눕히면
나의 성가시고 목마른 지혜는
하늘을 기어올라 하나를 붙잡는다.

시간 밖에서만 안주할 수 있고

높이 높이서만 굽어볼 수 있던
이제 나지막이 흐느끼는 태양의
둘레에 처절히 걸려 있는 저 눈물을
1960년대의 뜨거운 아우성을.

맨발의 모든 것이 뜨겁게 느껴오는
맨발의 鋪道에서
나는 포도의 아들
나는 포도의 왕자.

뿌려주고 싶다.
흔들어버리고 싶다.
고향을 찾아서 홀로 일어서는
질서 앞에
내 이웃의 血脈에.

발 문

신경림

1

얼마 전 기회가 있어 조태일 시를 전체적으로 통독하면
서 그의 시가 더 많은 사람들에게 읽혔으면 좋겠다는 생각
을 했다. 특히 그의 후기시는 우리 시가 침체의 늪에서 탈
출하는 데 단단히 한몫을 하리라는 생각도 들었다. 고전적
시의 미학이라 할 절제와 압축의 한 전범을 보여주면서 시
읽는 재미를 한껏 맛보게 해주기 때문이다. 이무렵 창비에
서 조태일 시선집을 펴내겠다면서 그 선자가 되어줄 것을
부탁했고, 나는 선뜻 응했다. 처음에는 조태일 시에 대한
깊은 이해와 애정을 가지고 있는 이시영(李時英)과 공동선
자가 되기를 희망했지만, 그의 고사로 혼자서 맡게 되었
다. 하지만 여기 실은 시는 그가 곰곰이 읽고 뽑은 것을 바
탕으로 했으니, 엄격히 따지면 그와 공동으로 엮은 셈이
다. 그가 뽑은 시에서 내가 제외한 것은 스승에게 바치는
헌시 단 한 편뿐이었다는 것을 밝혀두어야 할 것 같다.

이 선집을 접하고 의아하게 생각하는 독자가 있을는지

도 모른다. 일반적인 관례를 깨고 발표연대의 역순으로 엮었으니까 말이다. 이는 더 많은 사람들이 조태일 시와 친해지기를 바라는 선자 나름의 계산에서였다. 이상하게도 그의 시는 뒤로 오면서 더 아름답고 날렵해진다. 말하자면 시라는 형식의 예술이 가질 수 있는 온갖 장점을 더욱 갖추어가고 있는 시점에서 그가 세상을 떠났고, 따라서 독자가 접근하기에는 후기시가 좀더 쉽다고 생각한 것이다. 유종호(柳宗鎬)가 『혼자 타오르고 있었네』의 해설에서 "서정적 진실의 일품"으로 격찬한 「어머니를 찾아서」를 예로 들어보자.

이승의
진달래꽃
한묶음 꺾어서
저승 앞에 놓았다.

어머님
편안하시죠?
오냐, 오냐,
편안타, 편안타.

———「어머니를 찾아서」 전문

진달래꽃 한묶음을 꺾어 무덤 앞에 놓는다는 것과 어머니와 주고받는 두어 마디 말이 시의 전부다. 그러나 이 두어 마디 말이 불러내는 내용은 엄청나게 많다. 진달래꽃으로 발갛게 물든 아름다운 봄날이 있고, 아들을 위해 평생을 고생 고생하다가 세상을 떠난 어머니와 그 어머니를 그리는 아들이 있다. 이승과 저승의 대비가 있고, 그 오고감이 있다. 삶과 죽음에 대한 질문이 있고, 그에 대한 회의와 체념이 있다. 그리고 이 시는 무엇보다도 아름답고 깨끗하다. 이것이 절제와 압축에 크게 힘입고 있음은 더 말할 것도 없다. 이제 더이상 시를 찾는 독자가 없다는 낙담과 한탄이 끊이지 않는 현실이지만, 이 시야말로 그래도 시를 읽고 좋아하는 사람들이 있는 까닭을 다시 한번 생각하게 하는 시다.

안간힘을 쓰며
찌푸린 하늘을
요동치는 우주를
떠받치고 있는
저 쬐그만 것들

작아서, 작아서
늘 아름다운 것들,

밑에서 밑에서

늘 서러운 것들.

──「이슬 곁에서」 전문

  사실 하찮고 힘없는 것에 대한 비유로 이슬을 노래한 시
는 적지 않다. 이 시가 절창이 되는 것은 그래서가 아니다.
"작아서, 작아서"와 "밑에서 밑에서"의, "늘 아름다운 것들"
과 "늘 서러운 것들"의 절묘한 조화와 이 이미지 속에 절제
되고 압축된 내용이야말로 시의 재미를 만끽하게 해주는
것들이다. 이 표현 속에 숨은 삶의 비의(秘意) 또한 감동의
한 원천이 되고 있음은 말할 것도 없다.
  어머니를 저세상으로 보내는 내용의「태안사 가는 길 2」
도 그의 후기시 중에서 빛나는 시다.

  광주직할시 서구 광천동 대문을 나서며
  어머니,
  오냐.

  전남 곡성군 삼기면 원등 선영을 지나며
  어머니!
  오오냐.

보성강 태안교를 지나며
어머니,
오오냐, 오오냐.
(…)

금강문을 지나며
어머니,
오오냐아, 오오냐아, 오오냐아.

일주문을 들어서며
어머니,
오오냐아아, 오오냐아아, 오오냐아아.

대웅전을 들어서며
어머니!
오냐.

부처님 앞에서
어머니!
………

지장보살

지장보오살

지이장보오살

지이자앙보오사알, 지이자앙보오사알……

──「태안사 가는 길 2」 부분

　이 시도 내용은 단순해서, 세상을 떠난 어머니를 모시고
태안사로 가는 길에서 어머니와 주고받는 말이 그 전부다.
지명이 나오고, 말이라야 "어머니"라는 부름과 "오냐"라는
대답뿐. "어머니"에는 쉼표와 느낌표가 적절히 배합을 이
루고 있고, "오냐"는 그 장단으로 시의 호흡을 조절하고 있
다. 이 시를 읽으면서 시란 쓰는 것이 아니라 보이지 않는
손에 의해서 씌어지는 것이란 케케묵은 격언을 떠올린 것
은 비단 나만이 아닐 터이다. 요즈음 시를 너무 조작한다는
자성의 소리가 적지 않은데, 그 점에 있어 거울이 될 시이
기도 하다. 이 시가 가진 리듬이 곧 힘이 되기도 하는 터로,
그 리듬이 자연스러움에 기인하고 있다는 점도 간과해서는
안될 것이다. 쉽게 씌어진 시 같으면서도 결코 쉽게 쓴 시
가 아님을 알게 하는 대목도 이 시의 미덕이다.

　「노을」도 가히 절창이라 할 만하다.

　저 노을 좀 봐.

저 노을 좀 봐.

사람들은 누구나
해질녘이면 노을 한폭씩
머리에 이고 이 골목 저 골목에서
서성거린다.

쌀쌀한 바람 속에서 싸리나무도
노을 한폭씩 머리에 이고
흔들거린다.

저 노을 좀 봐.
저 노을 좀 봐.

누가 서녘 하늘에 불을 붙였나.
그래도 이승이 그리워
저승 가다가 불을 지폈냐.

이것 좀 봐.
이것 좀 봐.

내 가슴 서편 쪽에도

불이 붙었다.

——「노을」 전문

이 골목 저 골목에서 사람들이 나와서 노을을 보며 서성
거린다는 단순한 내용의 시다. 사람들은 해질녘이면 노을
한폭씩을 머리에 이고 서성거리고, 싸리나무도 노을 한폭
씩 머리에 이고 흔들거린다. "쌀쌀한 바람"으로써 겨울임
을 암시하면서 노을의 이미지가 더 선명하게 드러나는 효
과도 있다. 그 노을은 어쩌면 누군가가 저승 가다가 그래
도 이승이 그리워 불을 붙인 것인지도 모른다는 상상이 시
의 분위기를 서럽고 쓸쓸하면서도, 따듯하고 아름답게 만
든다. "저 노을 좀 봐" "이것 좀 봐"의 반복이 시에 리듬감을
주면서 생동하게 하는 점도 주목해야 할 터이다. 그는 시
집 『혼자 타오르고 있었네』의 후기에서 "나에게 들킨 이 시
집 속의 모든 사물들, 모든 상황들, 모든 사연들에게 감사
드린다"라고 말했는데, 「노을」은 아무에게도 들키지 않고
그에게만 들킨 세상의 비밀의 한 자락을 그만의 언어로 살
그머니 보여주고 있다는 느낌을 준다.

2

『국토』로 대표되는 초기시의 조태일은 염무웅(廉武雄)

이 발문에서 지적했듯 "강골의 시인이자 동시에 반골의 시인"이며, "자기의 시적 체질"을 "완강하고 집요하게 지키고 키워 나온" 시인이다. 그 이전 우리 시에는 우렁차고 완강한 남성적인 목소리가 많지 않았다. 그의 초기의 연작들인 「식칼론」이니 「나의 처녀막」 같은 시들은 그 발상만으로도 주목에 값하는 것이리라. 그가 처음 어떤 생각을 가지고 시를 썼는가를 알기 위해서는 '허약한 시인의 턱밑에다가'라는 부제가 붙은 「식칼론 2」를 읽어보는 것이 좋을 것이다.

뼉다귀와 살도 없이 혼도 없이
너희가 뱉는 천 마디의 말들을
단 한방울의 눈물로 쓰러뜨리고
(…)

너희의 녹슨 여러 칼을
꺾어버리며 내 단 한칼은
후회함이 없을 앞선 심장 안에서
말을 갈고 자르고
그것의 땀도 갈고 자르며
늘 뜬눈으로 있다
그 날카로움으로 있다

──「식칼론 2」 부분

말하자면 그는 지금까지의 우리 시를 "뼉따귀와 살도 없이 혼도 없이" "뱉는 천 마디의 말"로 보고 있으며, 그의 시는 그것들을 "단 한방울의 눈물로 쓰러뜨리"겠다는 것이다. 또한 (내 시는) 그와 같은 "녹슨 여러 칼을／꺾어버리며" "후회함이 없을 앞선 심장 안에서／말을 갈고 자르고／그것의 땀도 갈고 자르며" "뜬눈으로" "그 날카로움으로 있"겠다는 것이다. 얼마나 전투적인 시관(詩觀)인가. 그러나 그의 이런 시관이 시로 마무리된 것은 연작시 「국토」를 시작하면서부터가 아니었나 싶다. 그런 점에서 1971년에 발표된 「모기를 생각하며—국토 1」는 아주 중요한 작품이다. 특히 그 첫연은 적극적이고도 전투적인 그의 시관을 드러내면서 그의 시가 어떻게 전개될 것인가를 예단케 해준다.

내가 딛는 땅은 내 땅이 아니다.
내가 읽는 글은 내 글이 아니다.
내가 하는 말은 내 말이 아니다.
내가 하는 노래는 내 노래가 아니다.
내가 눕히는 아내는 내 아내가 아니다.

— 「모기를 생각하며—국토 1」 부분

물론 "내가 눕히는 아내는 내 아내가 아니다"는 은유이

243

지만, 땅도 글도 말도 노래도 내 것이 아니라는 사유가 그의 시적 기초가 되고 있는 것만은 분명하다. 그러나 이런 부정은 더 큰 긍정을 위한 것이지 결코 부정 자체를 위한 소극적인 것은 아니다. 그래서 그의 시는 전투적이면서도 넉넉하고 낙관적인 것으로 되어가는데, 「국토」 연작을 50여 편이나 쓴 뒤에 시집을 묶으면서 쓴 것으로 짐작되는 「국토서시」가 이 점을 잘 말해준다.

발바닥이 다 닳아 새살이 돋도록 우리는
우리의 땅을 밟을 수밖에 없는 일이다.

숨결이 다 타올라 새 숨결이 열리도록 우리는
우리의 하늘 밑을 서성일 수밖에 없는 일이다.

야윈 팔다리일망정 한껏 휘저어
슬픔도 기쁨도 한껏 가슴으로 맞대며 우리는
우리의 가락 속을 거닐 수밖에 없는 일이다.

버려진 땅에 돋아난 풀잎 하나에서부터
조용히 발버둥치는 돌멩이 하나에까지
이름도 없이 빈 벌판 빈 하늘에 뿌려진
저 혼에까지 저 숨결에까지 닿도록

우리는 우리의 삶을 불지필 일이다.
우리는 우리의 숨결을 보탤 일이다.
일렁이는 피와 다 닳아진 살결과
허연 뼈까지를 통째로 보탤 일이다.

——「국토서시」 전문

결국 1990년대까지 20년 이상을 계속한 연작시 「국토」 작업뿐 아니라 그의 모든 시작업은 "발바닥이 다 닳아 새살이 돋도록 (…) 우리의 땅을 밟"는 일이며, "숨결이 다 타올라 새 숨결이 열리도록 (…) 우리의 하늘 밑을 서성"이는 일이요, "이름도 없이 빈 벌판 빈 하늘에 뿌려진 (…) 혼에까지 닿도록" "일렁이는 피와 다 닳아진 살결과/허연 뼈까지를 통째로 보"태는 일이라고 해석한대도 크게 틀리는 것은 아닐 것이다. 하지만 백여 편에 이르는 「국토」 가운데서 꼭 한 편만을 고르란다면 나는 서슴없이 "아이고 무서워/아이고 무서워"가 세 번이나 되풀이되는 「푸른 하늘과 붉은 황토—국토 34」를 고를 터이다.

아내와의 모든 접선도 끊어버리고
말 배우는 어린 새끼들과의 대화도 끊어버리고
나를 가르친 모든 책으로부터도

中古가 돼버린 철없는 장난감으로부터도
멍청한 家具들로부터도 떠나버리자.

아이고 무서워
아이고 무서워

그림자를 고요히 고요히만 밝혀주는
달빛 별빛으로부터도,
무수히 발바닥을 포개보던
광화문이며 종로며 태평로로부터도
자유다 평등이다 인권이다 민주다 의무다 국민이다
어쩌고 하는 한국적 표준말로부터도 떠나버리자.

아이고 무서워
아이고 무서워

망우리 근처 푸른 하늘 밑의 풀잎들은
그렇게 푸르기만 하며
푸른 하늘 밑의 황토들은
그렇게 붉기만 하며
푸른 하늘 밑의 무덤들은
그렇게 고요히만 누웠냐

아이고 무서워
아이고 무서워

바람 자고 소리 끊겨 고요하기만 해도
끝간 데 없는 푸른 하늘은 저리 답답하단다.
푸른 풀들이 흔들리긴 해도
하늘 밑에 깔린 황토들은 저리 답답하단다.

—「푸른 하늘과 붉은 황토—국토 34」 전문

이 시가 씌어진 것은 군사독재가 긴급조치로 강화된 직후였을 것이다. 그때의 분노와 절망을 "끊어버리고" "떠나버리자"의 역설로 표현하면서, 그 어둡고 답답하던 상황을 "망우리 근처 (⋯) 그렇게 고요히만 누웠냐"와 "바람 자고 소리 끊겨 (⋯) 저리 답답하단다"로 은유하고 있다. 이 시의 호소력은 더 많이는 집중과 폭발성에 의존하고 있고, "아이고 무서워"의 되풀이는 그 효과를 배가시킨다. 어떤 면에 있어서도 「국토」의 압권이라 할 만하다.

어느새 조태일 시인이 세상을 떠난 지 다섯해가 지났다. 그동안 세상도 많이 달라졌고, 시는 독자들로부터 더 외면을 당하는 처지가 되었다. 이 선집이 조태일을 다시 보는

계기가 되는 데 머무르지 않고 독자들이 우리 시의 맛과
재미를 아는 더 큰 계기가 되기를 바란다.

申庚林 | 시인

연보

1941년 9월 30일 전남 곡성군 죽곡면 원달 1리 동리산 태안사에서 대처승인 조봉호(趙鳳湖)와 모친 신정임(申正任) 사이에 7남매 중 넷째로 태어남.

1947년 6세 동계초등학교에 입학했으나 이듬해 여순사건이 터져 태안사 일대가 최대 격전지가 되자 광주로 피난.

1950년 9세 한국전쟁 발발로 3년간 휴학. 이때 수창초등학교 4학에 재학중이었는데 이후 3년간 휴학하다가 극락초등학교를 거쳐 다시 수창초등학교로 전학, 1956년에 졸업.

1959년 18세 광주서중학교 졸업.

1962년 21세 광주고등학교 졸업. 전남일보 신춘문예에 시 「다시 鋪道에서」 당선.

1963년 22세 경희대 문리대 국문과 입학. 이듬해 경희대 2학년 재학 당시 경향신문 신춘문예에 시 「아침 船舶」이 당선되어 문단에 나옴.

1965년 24세 첫시집 『아침 船舶』(선명문화사) 출간.

1966년 25세 경희대 국문과 졸업. 육군 소위로 임관(ROTC 4기).

1968년 27세 육군 중위로 예편.

1969년 28세 월간 시전문지 『詩人』을 창간하여 이후 1년여 동안 주재했으나 당국의 압력으로 폐간. 초등학교 교사인 진정순과 결혼.

1970년 29세 두번째 시집 『식칼論』(시인사) 간행.

1972년 31세 장남 천중 출생.

1973년 32세 창제인쇄공사에 근무. 덕성여대 출강. 딸 현정 출생.

1974년 33세 11월 18일 뜻있는 문인들과 함께 자유실천문인협의회를

창립, 간사직을 맡고 유신독재체제와 맞섬. 민주수호국민협
의회 창립에 참여.

1975년 34세 세번째 시집 『國土』(창작과비평사)를 간행했으나 긴급
조치 9호로 판매금지 당함.

1976년 35세 막내 형준 출생.

1977년 36세 양성우 시집 『겨울공화국』 발간 사건에 연루되어 긴급조
치 9호 위반으로 고은 시인과 함께 구속.

1978년 37세 일본 리까쇼오보오(梨花書房)에서 한국현대시선 시리즈
로 『國土』가 일역되어 출간.

1979년 38세 4월 한밤중에 자택 옥상에서 박정희 대통령과 유신독재
체제를 신랄하게 비판했다는 이유로 투옥, 29일만에 석방됨.

1980년 39세 계엄해제를 촉구한 지식인 124명 서명에 참여, 7월 자유
실천문인협의회 임시총회와 관련 계엄법 및 포고령 위반으
로 신경림, 구중서 등과 함께 구속되어 보통군법회의와 고등
군법회의에서 징역 2년 집행유예 3년을 선고받음. 대법원에
서 원심대로 확정.

1981년 40세 시론집 『고여 있는 시와 움직이는 시』(전예원)를 간행했
으나 판매금지 당함.

1982년 41세 항일민족시선집 『아아 내 나라』(시인사)를 간행.

1983년 42세 네번째 시집 『가거도』(창작과비평사)를 간행.

1984년 43세 경희대 대학원에서 『김현승 詩 연구』로 석사학위를 받
음. 경희대 · 단국대 출강.

1985년 44세 시선집 『연가』(나남출판사) 간행.

1987년 46세 다섯번째 시집 『자유가 시인더러』(창작과비평사) 간행.

1988년 47세 자유실천문인협의회가 민족문학작가회의로 바뀌면서 초
대 상임이사로 취임.

1989년 48세 광주대 문예창작과 조교수로 임용됨.

1991년 50세 경희대 국문과 대학원에서 『김현승 詩정신 연구』로 문학
박사학위 받음. 여섯번째 시집 『산속에서 꽃속에서』(창작과
비평사) 간행. 이 시집으로 제1회 편운문학상 수상. 시선집
『다시 산하에게』(미래사) 간행.

1992년 51세 공저 『문학의 이해』(한울아카데미) 간행. 제35회 전라남
도문화상 문학부문 수상.

1993년 52세 성옥문화상 예술부문 대상 수상.

1994년 53세 2월 민족문학작가회의 부회장으로 선출됨. 3월 광주대
예술대학 초대 학장에 취임. 광주대 예술대학 문예창작과 교
수. 시론집 『시 창작을 위한 시론』(나남출판사) 간행.

1995년 54세 일곱번째 시집 『풀꽃은 꺾이지 않는다』(창작과비평사)
간행. 이 시집으로 제10회 만해문학상 수상.

1996년 55세 민족문학작가회의 부이사장으로 선출됨. 산문집 『시인
은 밤에도 눈을 감지 못한다』(나남출판사) 간행.

1998년 57세 『알기 쉬운 시창작 강의』(나남출판사)와 『김현승 詩정신
연구』(태학사) 간행.

1999년 58세 여덟번째 시집이자 마지막 시집인 『혼자 타오르고 있었
네』(창작과비평사) 간행. 9월 7일 서울 아산병원에서 타계. 9
월 9일 보관문화훈장 추서.

2001년 광주 너릿재 시비공원에 「풀씨」 시비 건립.

2003년 9월7일 전남 곡성군 태안사에 『조태일 시문학기념관』 건립
개관. 4주기를 맞아 『詩人』지가 반년간지로 복간됨.

작품 출전

각하며 / 깨알들 / 봄소문 / 친구야 / 눈꽃 / 可居島 (『가거도』 창작과
비평사 1983)

國土序詩 / 모기를 생각하며 / 꿈속에서 보는 눈물 / 흰 뼈로 / 난들
어쩌란 말이냐 / 석탄 / 山에서 / 눈보라가 치는 날 / 피 / 굼벵이 / 버
려라 타령 / 푸른 하늘과 붉은 황토 / 겨울에 쓴 自由序說 / 눈물 / 어
머님 곁에서 (『國土』 창작과비평사 1975)

식칼論 1 / 식칼論 2 / 식칼論 3 / 보리밥 / 참외 / 간추린 日記 / 나의
處女膜 2 / 나의 處女膜 3 / 强姦 (『식칼論』 시인사 1970; 『國土』 창작과
비평사 1975)

나의 處女膜 1 / 아침 船舶 / 다시 鋪道에서 (『아침 船舶』 선명문화사
1965; 『國土』 창작과비평사 1975)

엮은이 소개

신경림 申 庚 林 1935년 충북 충주에서 태어났고 동국대 영문과를 졸업했다. 1956년 『문학예술』에 「갈대」 등이 추천되어 작품활동을 시작했다. 1975년 첫시집 『농무』를 출간한 이래 지금까지 9권의 시집을 펴내며 민중의 생활에 밀착한 현실인식과 빼어난 서정성, 친숙한 가락을 결합한 시세계로 한국시의 물줄기를 바꾸며 새 경지를 열었다. 현재 동국대 석좌교수로 있다.

조태일 시선집
나는 노래가 되었다

초판 1쇄 발행/2004년 9월 25일
초판 2쇄 발행/2009년 9월 5일

지은이/조태일
엮은이/신경림
펴낸이/고세현
편집/김정혜 문경미 안병률 김현숙
미술·조판/윤종윤 정효진 신혜원 한충현
펴낸곳/(주)창비
등록/1986년 8월 5일 제85호
주소/413-756 경기도 파주시 교하읍 문발리 513-11
전화/031-955-3333
팩시밀리/영업 031-955-3399 · 편집 031-955-3400
홈페이지/www.changbi.com
전자우편/literat@changbi.com